U0071176

梁啟勳

讀史隨筆

梁啟勳——原著

蔡登山——主編

本書作者梁啓勳

梁啓勳與其兄長梁啓超

梁啟勳和他的《讀史隨筆》

蔡登山

梁啟勳是梁啟超的長弟，中國二十世紀著名詞學家、翻譯家。梁啟勳在才學和影響上儘管不能和其兄梁啟超比肩，但仍不愧為學兼中西、識貫古今的學術名家。作為情深意篤的同胞兄弟，梁啟勳深得長兄梁啟超的信任和關照，是梁啟超在政治文化活動和料理家族事務上的得力助手。從萬木草堂時期開始，一直到梁啟超去世，二人共同進退，雙星閃耀，時人比之蘇軾昆仲。

梁啟勳（一八七六－一九六五），字仲策，號曼殊室主人，出生於廣東新會縣熊子鄉茶坑村，他比梁啟超小三歲，因年齡相近，關係甚為親密，幼年伴長兄啟超就家學。一八九〇年，梁啟超結識康有為並拜其為師。一八九一年，在梁啟超、陳千秋的邀請下，康有為在廣州長興里設立「萬木草堂」，開始講學。梁啟勳於一八九三年隨兄入「萬木草堂」學習，梁啟勳曾在〈「萬木草堂」回憶〉一文中回憶恩師康有為說：「康先生中等身材，眼不大而有神，三十歲以前即留鬍鬚，膚色黑，有武人氣。」康有為講學的內容是以孔學、佛學、宋明學（陸王心學）為體，以史學、西學為用……對強列壓迫、世界大勢、漢唐政治、兩宋的政治都講。梁啟勳曾回憶道：「我們最感興趣的是先生所講的『學術源流』是把儒、墨、法、道等所謂九流，以及漢代的考證學、宋代的理學等，歷舉其源流派別。」梁啟勳在此期間除讀中國古書外，還學得許多西方哲學、歷史和自然科學技術，並自學英、日文。梁啟勳的知識面大為擴展，為日後成為學兼中西的知名學者打下了基礎。

一八九五年梁啟勳隨兄進京，結識夏曾佑、曾習經、譚嗣同等人。一八九六年繼赴上海，為梁啟超等人創辦的《時務報》擔任編輯，負責編審譯稿。梁啟勳和其兄兩人曾共同參加戊戌變法時期的許多活動。一八九八年變法失敗後，梁啟勳組織掩護康、梁等人的家屬擺脫清政府的追緝，撤離至澳門、香港和國外，後被戲稱為「家屬隊長」。梁啟勳一九〇二年考入上海震旦大學（現復旦大學），一九〇三年考入美國哥倫比亞大學經濟系，遂赴美留學，除在華僑開辦的洗衣店等打工外，還翻譯出版外文書以維持生活和上學。（這時期翻譯的《血史》和《世界近世史》分別在一九〇五年和一九〇七年在上海廣智書局出版。）在美留學期間，協助康有為處理保皇會經濟事務，深為康有為倚重。一九〇八年畢業後梁啟勳即赴日本參加梁啟超在海外創辦的《新民叢報》、《國風報》等工作。

一九一二年梁啟勳與梁啟超一同回國，返回天津，梁啟超著手創辦《庸言報》，梁啟勳任報紙撰述。一九一四年，梁啟超任接任幣制局總裁，梁啟勳即任中國銀行監理、幣制局參事的經濟工作等。一九一五年梁啟超主編《大中華》雜誌，梁啟勳任雜誌撰述。一九一六年，護國戰爭爆發，梁啟超南下發起反袁活動，梁啟勳在廣州料理父親梁寶瑛喪事，梁啟超開始不知父親逝世消息，仍寄來報平安的家信。

一九二四年，梁啟超夫人李蕙仙去世，梁啟勳在北京全權負責營造墓園工程。一九二五年，梁啟超在清華講學期間，進城便住在梁啟勳南長街五十四號住所。一九二六年，梁啟超任司法儲才館館長，聘梁啟勳為總務長。一九二七年，梁啟勳代梁啟超在北京為梁思成、林徽因主持訂婚儀式。一九二八年，梁啟超因病住在協和醫院，梁啟勳的《曼殊室戊辰筆記》有紀載其它之病情。一九二九年梁啟勳於梁啟超逝後跋《袁世凱之解剖》、《白香山詩集》、《東坡樂府》、《初白庵蘇詩補註》，緬懷長兄。

一九三二年梁啟勳執教於國立青島大學（今山東大學）。在山東省檔案館館藏的民國檔案中，有一份一九三一年國立青島大學的聘書。一九三一年十二月，梁啟勳接受校長楊振聲的邀請，於一九三二年二月到校任職，任文學院中國文學系講師。當時，聞一多任中文系主任、梁實秋任外文系主任，他們均畢業於清華大學，都曾是梁啟超的學生。因這層關係，再加上梁啟勳到校時已五十六歲，聞一多、梁實秋視他為師長，對他特別敬重。不過因為年齡的原因，梁啟勳和梁實秋、聞一多交往並不多，他只管潛心備課、認真教書。梁啟勳不僅是詞人，而且是現代重要的詞學家。他在青島大學中文系講授詞學和音韻文，臧克家、丁觀海等都是梁啟勳的學生。梁啟勳正是在青島大學教書期間，開始著寫《中國韻文之變化》。該書於一九三八年由商務印書館出版，書名改為《中國韻文概論》，全書通過介紹《離騷》、漢賦、駢文、樂府、唐詩、宋詞、元曲的演變及其關係，講述韻文的發展概況，提出了一些有價值的見解。其中一個重要觀點，梁啟勳說：「《詩》三百篇，是中原文學之祖，一切變化皆由此出。詞的方面如騷、賦、七、駢文、律賦等，詩的方面如古樂府、五七言詩、新樂府、詞、曲等源於三百篇。」

在青島大學梁啟勳還創作了《詞學》一書，於一九三二年由北平京城中華書局出版。該書是梁啟勳詞學研究的另一重要成果。分上、下兩編，上編分總論、詞之起源、調名、小令與長調、斷句、平仄、發音、換頭煞尾、慢近引犯、暗韻、襯音、宮調十二章，以詞的音、聲、律為本位，梁啟勳視之為「詞之本體」；下編分概論、斂抑之蘊藉法、烘托之蘊藉法、曼聲之回蕩、融和情景、描寫物態（節序附）、描寫女性八章，側重論「詞流之技術」。《詞學》初步建構起了近世略具規模的「詞學」研究體系。梁啟勳的立論肇端雖然不免粗淺，而且立足於「作法」，相當程度地沿襲了此前各家對「詞學」的關注範圍，其上、下兩編仍是分別從音樂與文學兩端來展開分析。但對於後續的研究者的啟示和影響還是很大的。正是在這種意義上，我們認為梁啟勳是近世詞壇上初具規模的現代「詞學」建構奠基者之一。

一九三三年梁啟勳在北京交通大學及北平鐵道管理學院任訓育主任。這時期譯有《社會心理之分析》二卷（*Great Society*，英國walins.G著）。任教期間創作了著名的〈交大平院校歌〉。抗戰時期梁啟勳只在銀行擔任閱報、圈報和剪報的工作，這是他一生最苦惱的時期。抗日勝利後，他在北京大學任助教，梁啟勳為北大地下黨和學生會收藏有許多秘密文件。一九五一年七月，梁啟勳與章士釗、康同璧、齊白石等二十八位各界著名人士被聘任為中央文史研究館館員。此外，梁啟勳還當選為北京市第一、二、三屆人民代表大會代表。一九六一年十月一日國慶的國宴前，周恩來總理曾特意邀請梁啟勳在人民大會堂單獨會晤，暢談他在戊戌變法前後的工作情況，並請他寫了一篇關於

「萬木草堂」的回憶記述，刊登在一九六二年一月的《文史資料選輯》第二十五輯，梁啟勳於七十年後追述少年時從遊康氏帳下聽講之情景，並由其侄梁思永筆錄而成。（案：該文已收錄於本書附錄中）。

梁啟勳著有《詞學》二卷、《稼軒詞疏證》六卷、《中國韻文概論》三卷、《曼殊室隨筆》五卷、《海波詞》四卷，被稱為海波老人。與夏敬觀、劉毓盤、吳梅、王易、汪東、顧隨、任訥，陳匪石、劉永濟、蔡楨、俞平伯、夏承燾、唐圭璋、龍榆生、詹安泰、趙萬里等並為朱（彊邨）、況（蕙風）一脈。梁啟勳還翻譯過《大社會》，後更名為《社會心理之分析》。此外，他還翻譯過若干外國名著，是中國最早的翻譯家之一。梁啟超對詩詞的研究興趣，對梁啟勳影響很大。梁啟勳的《稼軒詞疏證》正是繼長兄梁啟超未竟之業，並對乃兄的研究成果進行補正。

《曼殊室隨筆》是梁啟勳一九二六年至一九四六年間的讀書隨筆，「曼殊室」是梁啟勳位於北京南長街的書齋名，他在〈自序〉中說：「溯自新紀元之第十五年丙寅正月，始作《讀書隨筆》。觸目如有疑義、感想、互證、校勘等，輒援筆記之。歲月易得，於今二十又一年矣。叢稿盈篋，約之可得四十萬言，分類而詮次之，都為五卷，曰《詞論》、《曲論》、《宗論》、《史論》、《雜論》。敢云有得，亦曰備忘而已。」《曼殊室隨筆》其內容橫跨詞學、曲學、史學、哲學、心理學、天文學、生物學、民俗學等領域，兼及晚清掌故與民國趣聞，行文活潑不羈，警句迭出。梁啟勳學貫中西，書中時常融匯傳統儒釋道學說與西方思想觀念，展現出深刻的哲學思辨精神。

《讀史隨筆》是《曼殊室隨筆》中的〈史論〉，可說是梁啟勳遍讀史書的心得筆記，其所閱讀的歷史書籍除了正史外，還兼有前人的諸多筆記，甚至西方的歷史書籍，雖然他不是以歷史研究學者而成名，但他的歷史觀和視野無疑地是廣博的。他在談及史料的採用，有時間上、空間上、人事上的三種考量，他說：「如記載者與本事之發生同時，自然比後人補記者為有力；若記載者所在地與本事之產生同地，自然比遠道傳聞者為有力；若記載者與當事人有特殊關係，自然比杳不相涉者為有力；此一定之方法，而做學問之態度亦應如是也。」而對於歷史的寫作者，他也提出他的看法，他說：「唯修史則與作誄辭、作像贊不同。雖則刪冗芟蔓乃史筆之要義，穢蕪定非良史。但削伐過甚以致敘述不明，令人迷惑，則亦未可遽許之曰良。過猶不及，蒙頭蓋面與語焉不詳，厥弊維均。」他認為歐陽修的《新五代史》較於薛居正的《舊五代史》為優。但《新五代史》對舊「志」部分大加繁削，則不足為訓，在史料價值比《舊五代史》要略遜一籌。因此他也慨嘆良史之難能也。

而對於王安石的變法，梁啟勳也有他的看法，他說：「考我國史乘，凡有變更古法者輒遭抨擊，自天子以至庶人，貴賤一也。不變則已，變則難逃斯例，此亦我民族性之特異者矣。積弱之源，於斯為烈，如不然者，荊公何至受謗哉？使荊公得行其道，則一部宋史之面目必不如此，可斷言也。師古雖為經驗之累積法，凡一種文化之所以成立，實利賴之，無可諱言；然而師古則可，泥古則不可矣。萬世不變之道，師之可也。但時代變遷，頃刻不留，潮流之與環境，常相摩盪，無有已時，若應付不敏，則弊害立見。」

而在中國歷史上開國創業之君主，為何在打下江山之後，每多殺戮其和他一起打天下的功臣呢？梁啟勳也有他獨特地觀察，他說：「蓋每當天下大亂，群雄角逐，在名分未定之先，同是豪強，禮節每多脫略。一旦南面稱孤，不得不做作一副尊嚴面目以威臨臣下。斯時也，朝上功臣，多屬昔日草澤之夥伴。雖則曰禮儀只是虛文，不外相互間之裝腔，但人類之所以自命為異於禽獸，全賴此一副假面具。無奈從前脫略已慣，忽而裝腔作勢，每多不自然，不如殺之便。」這是許攸為曹操打下不少江山，但後來恃功驕嫚，嘗於眾坐呼操小字曰：「阿瞞，卿非我，不得冀州也。」但此時的曹操已非昔日的曹阿瞞了，他雖然表面笑著說：「汝言是也」，但他內心終究是不高興的，最後就以他故將許攸殺了。

但另外《讀史隨筆》也記載君臣之間也有可以諧謔的，紀曉嵐就在皇帝面前講黃色笑話！紀曉嵐號稱乾隆朝第一才子，他和清高宗（乾隆），君臣之間，態度固屬莊嚴，然亦間雜以諧謔。紀曉嵐在悼亡期滿後，乾隆皇帝召見他，問他最近可有「哀艷之作」，（皇帝也想聽有顏色的八卦），紀曉嵐不假思索地回答說：「有」，乾隆說：「願聞其詳」。紀曉嵐就朗誦起王羲之的〈蘭亭集序〉中的「夫人之相與，俯仰一世，或取諸懷抱，悟言一室之內；或因寄所託，放浪形骸之外」這一段。只是紀曉嵐將陽平之「夫」字讀作陰平，遂成「夫人」。讀誦至「取諸懷抱，晤言一室之內」，高宗已仰面大笑，聲震屋瓦矣。紀曉嵐真不愧是第一才子！才思敏捷，博君一粲！只是書聖王羲之〈蘭亭集序〉的名句，被誤讀為黃色笑話，他地下有知，不知作何感想！

另外由於梁啟勳是詩詞專家，對於文學作品的要求特別高，他說：「詩乃陶寫意志之工具，意至即吟，意盡即止，庶幾可得佳構。意未至而動筆，是曰無病呻吟；意既盡而不停，是曰畫蛇添足。」因此他對於非出自於真實感情所寫的作品，他都認為不是好作品，他說：「應制詩已屬無聊，以其非自己之意志也，況承旨詩乎！」。

《讀史隨筆》是根據一九八九年上海書店《民國叢書》的《曼殊室隨筆》版本單獨摘錄出來，而此版本是影印自一九四八年上海中正書局的最初排印本，此次出版重新打字標點及校正原書之訛誤。而原書每則均無標題。此次為醒眉目及明各則之宗旨，筆者特於每則自擬小標題加上，也便於檢索。《讀史隨筆》全書一百二十二則，卻前後寫了二十一年，是梁啟勳讀史的心得精華，非常精彩，在此無法逐條列論，只嘗鼎一臠，道及一二。《讀史隨筆》堪稱兩岸最完整而詳備的整理本，並且是首次獨家出版的，值得購藏閱讀！

目次

一、民族同化力之強弱

「始作俑者其無後乎」，「臧孫達其有後於魯乎」，咒詛與頌揚，均以後嗣為標準，後嗣地位之重大也如此。雖則儒家哲學之組織，以後嗣衍進為本身不滅之原則，與魂靈哲學分道而行，自然可以養成重視後嗣之觀念。但此種觀念，受封建制度之影響亦不薄。「無子國除」，封建制度之大法也。一人無子，可使全家男婦於一剎那頃由赫赫王族而降為庶人。同時更令近派宗支，由堂堂貴族而變為平民。其重視也亦宜。因一人無子之故，蒙重大之損失者百數十人乃至數百人，焉得不爾。重男與多妻之俗，蓋有由矣。

建炎二年十二月，金兵破襲慶府，衍聖公孔端友已避兵南去。軍人將啟宣聖墓。左副元帥宗翰問其通事曰：「孔子何人也？」通譯者答曰：「中國之大聖人也。」宗翰曰：「大聖人墓豈可犯？敢犯者殺無赦。」故闕里得全。以女真民族主蠻橫，而竟有此舉，金人似猶愈於今人也。襲慶府即今之曲阜。

民族同化力之強弱及抵抗同化力之強弱，實根於天性。以中國歷史論，如五胡、契丹、女真等，皆嘗侵入主中夏，乃不旋踵即同化於一爐。又如滿洲入關時，自定種種制限以拒絕同化。然而不能自持，致政權一墜，種亦淪亡。唯蒙古最奇。統治中國垂九十年，迨見擯出塞，依然能保持其

二、瀕死而訖無一聲

唐僖宗乾符二年，黃巢乘主仙芝之亂，起自浙東。五年，仙芝敗，眾推巢為王。於是由浙而閩而粵桂而湘鄂而豫晉而陝。廣明元年冬，破潼關，入長安，僖宗幸蜀。中和四年，敗於齊魯間之狼虎谷。前後凡十年，轉戰十數省。其殘忍凶暴，固不足以成大事，然亦一世之雄矣。迨巢既敗，時溥獻俘。戮巢及其兄弟妻子，函首送成都；擇其姬妾之少艾者生致之。中和四年秋七月，帝受俘於成都南門之太玄樓。溫語宣問諸姬曰：「汝曹皆勳貴子女，世受國恩，何為從賊？」一最少而最美者對曰：「國家以百萬之眾且失守宗祧，播遠巴蜀。今陛下以不能拒賊責弱女子，置公卿將帥於何地乎？」上默然。悉牽出而戮於市。沿途婦女，爭與之酒。蓋欲使其神經麻醉，減驚怖之苦痛也。獨能最少而最美者不泣亦不飲，臨刑仍不改其常態。時溥之不殺而獻之，已存赦宥之意。僖宗之溫語，更有赦宥之意。假令答以被掠無可奈何等語，定當得活。金聖歎謂紅娘對老夫人一段話，乃千古之快人快事。蓋以其辭令犀利而痛切也。巢翁姬人之口角，豈讓紅娘。史書言黃巢棄長安而東下，官軍李克用等復入，標劫淫掠，尤甚於巢。朝延之所以為女子輕蔑者蓋有由矣。且生逢亂世，那有弱者之幸運，與其留此身以作傳舍，曷若破口大罵，死個痛快之為愈也。

晚唐黃巢之亂，復繼之以秦宗權。史書所言，自懷、孟、晉、絳、數百里間，州無刺史，縣無令長，田無麥禾，邑無煙火者始將十年。又謂荊南數萬戶，兵荒之餘，只存一十七家。又謂宗權所至，屠翦焚蕩，殆無孑遺。軍行未始，轉糧車載鹽戶以從。所謂鹽戶者，乃將人之屍骸實之以鹽，以供軍糧也。又謂楊行密圍廣陵半載，城中絕食，以人為糧。軍士掠人詣市賣之，驅縛屠割如羊豕，訖無一聲。則所謂法國革命之恐怖時代，尚瞠乎其後矣。「訖無一聲」四字，真能描出恐怖時代之變態心理。蓋人之受痛苦而號哭者，實存求救求助之意，或求助於人，或求助於鬼神也。施耐庵解釋哭之韻味最為周詳，曰「聲淚俱下謂之哭，有淚無聲謂之泣，有聲無淚謂之號，當時潘金蓮把武大的屍體收拾停妥之後，便號了幾聲。」以此論之，則啜泣實為悲痛最深之表現。蓋亦知事已無可奈何，求援求助之心，殆已斷絕，只悲身世而自憐，非乞憐矣。至若瀕死而訖無一聲，則並自憐身世之念而無之，但覺此世界實無可留戀，得早解脫，勝於有生。心理如是，則哭泣已屬無意識之閒筆墨，更何有於號，此其所以「訖無一聲」也歟。

三、年號屢易之惡習

帝者以年號紀元，實始於漢武帝。即位之初，是為「建元」元年。即公歷紀元前一百四十年（一四〇B. C.）。然而未有命名之詔書也。至「元封」元年，公歷紀前一百十年，（一一〇B. C.）因封禪泰山之故，乃正式下詔改元。詔曰：「朕以眇身承至尊。兢兢焉唯德菲薄，不明於禮樂。……遂登封泰山，至於梁父，然後升禮，肅然自新，嘉與士大夫更始。其以十月為元封元年。……」此實中國有史以來改元之第一封詔書矣。元封以前之五個年號，（建元、元光、元朔、元狩、元鼎），（一四〇－一一一B. C.）實後來有司之所追命。如「元狩」，則因是年狩於雍，獲一異獸，以為麟。由是改稱元年，但無命名之詔書。「元鼎」則以是年後之第三年，得寶鼎於汾水上，乃回溯前三年所改之元而稱曰元鼎。亦無命名之詔書。前乎此者，更有文帝在位之第十七年，因有獻玉杯者，言官以為祥瑞，於是更始，以十七年為元年，令天下大酺。又景帝在位之第八年，亦嘗改稱元年，既無詔書，亦未命名。是以歷史只得強名之曰「中元」、「後元」而已。

元封以後，年號皆用二字。至王莽乃有「始建國」三字年號。其後則有梁武帝之「中大通」、「中大同。」北魏式帝，以「太平真君」四字為年號。其後則有唐武后之「天冊萬歲」、「萬歲登封」、「萬歲通天」，宋太宗之「太平興國」，真宗之「大中祥符」，徽宗之「建中靖國」等，已跡近不學無術。至於西夏景宗之「天授體法延祚」，惠宗之「天賜禮盛國慶」等六個字年號，則真是無理取鬧。紀元原是取其便於記事耳。吾不知西夏國民之函牘往還及帳簿登記等事，於年之上而冠以六個字，究竟作何感想也。不便而已。

年號而更易頻繁，亦屬無理之尤。若舊君既歿，新君即位，而更易年號，猶可說也。無端而屢易之，果何為者。唐武后秉政二十年，（六八四－七〇四 A. D.）而年號凡十八易。即光宅、垂拱、永昌、載初、天授、如意、長壽、延載、證聖、天冊萬歲、萬歲登封、萬歲通天、神功、聖歷、久視、大足、長安、神龍，是也。此為最多矣。復有一人於一年之中而再易其年號者，東漢愍帝之永漢、中平，是也。似此者甚多。更有在一年之中而再易，既易之後，旋復其舊者。如漢哀帝之於建平二年六月，改元為「太初，」八月，又廢太初而再用「建平」是也。此則最無理著矣。

歷代年號，每多重複，此亦予後世讀史有以幾許困難。如建武、建興、太和、永安等年號，在歷史上各凡六七見。如曰「建武」，其為東漢光武歟，東晉元帝歟，抑其他歟。又如「太和」，其為三國魏明帝歟，北魏孝文帝歟？抑其他歟？諸如此類，使人疲精神於無用之地，實屬可惡，然而奈之何哉。

年號屢易之惡習，直至於明。明朝自太祖（洪武）以至於懷宗（崇禎），凡十六代，二百七十六年，尚有十七個年號。因為英宗復辟改元天順。且永樂、天順、正德三號，仍與前代相重複。清朝自世祖（順治）以至於溥儀（宣統），凡十代，二百六十八年，只有十個年號，且無一與前代相重者。此之謂「科學化」。

公曆紀元第一年，即漢平帝元始元年。「元始」二字，似有意而實無意，可稱巧合。

四、貳臣卻有功

秦並六國，廢封建，置郡縣，而大一統之規畫以成。李斯實中國統一之第一任大宰相，一切政制，皆出於其手。劉邦入咸陽，諸將爭奪子女玉帛，而蕭何獨收秦典冊，以為編製開國政令之依據。是則漢朝一代之規模，實秦李斯為之也。北周蘇綽，置屯田以資軍國，又為計帳戶籍之法。周文帝諭其牧守令，非通蘇綽所陳之六則及計帳法者，不得居官。唐代政制，多取法於周文。是則唐朝一代之規模，實北周蘇綽為之也。後周王朴上平邊策於周世宗，先後緩急，言之綦詳，其後宋太祖次第削平四方，皆如朴策。是則宋朝一代之規模，實後周王朴為之也。然而法猶是法，何以定須假手於蕭何、曹參、房延齡、杜如晦、范質、王溥等然後顯其光芒。豈文章亦有幸有不幸歟。語曰：「雖有智慧，不如乘勢。雖有鎡基，不如待時。」豈不然哉？以事實論，實可稱為漢之李斯，唐之蘇綽，宋之王朴也。

蘇綽之在北魏，以國用不足，乃創為征稅法。既而歎曰：「吾之所為，正如張弓。非平世法也。後之君子，孰能弛之。」此真乃仁者之言。曾國藩在軍中，以財用不足，創立釐金保甲法以裕軍需。初以為事定即廢，或不至於病民。後卒不能如所期，至死引為大憾。若蘇綽、曾國藩者，誠不愧為大臣矣。

李斯、蘇綽、王朴自有千秋，且勿具論。即以洪承疇而論，被清廷強姦作貳臣，結果兩面不討好。平心而論，貳與不貳，別為一問題；但清朝一部官制，大都出於其手。縝密至此，真可稱為盛水不漏者矣。中央政制且勿論。外府州縣且勿論。即以各省城內之官制言之，督、撫、司、府、道，作連鎖之組織。總督之與巡撫，布政司、按察司、鹽運司之與知府，已是牽一髮而全身皆動。然猶以為未足，復於司與府之間，設一道與之平行。總督乃總制兩省，實權不如巡撫。作用在於兩省間之分配及調劑。其祇制一省者則無巡撫。非有政治天才而經驗宏富者，能草如是之制度耶。所以終有清一代，地方官吏曾無反側之虞，洪承疇之力。然而終不免於貳臣，惜哉。孟子曰：「有王者起，必來取法，是為王者師也。」其李斯、蘇綽、王朴之謂歟。

五、名臣謀國

語曰，「唯名與器不可以假人。」此寥寥數字，實不知歷過幾許經驗得來。唐末藩鎮之禍，全國大亂四十年，殺人不可以數計，在歷史上成一大事件，後世引為殷鑑。原其動機，實肅宗啟之。在不解名器之為用者視之，幾謂微細不足道。豈有他哉，不學無術而已。至德二年，平盧節度使王元志死，上遣使傳諭，謂視軍中所欲立者授以旌節。裨將李懷玉推侯希逸，因以為節度副使。自茲以往，諸鎮之逐節度使者踵相接，朝廷之威信掃地以盡，於是天下大亂。此與利用學生驅逐學校教職員之事故頗相類。年來非已自食其果報矣乎？慎之哉。

晚唐文宗太和二年，詔舉賢良方正。劉蕡對策，於時局痛下針砭。其指斥藩鎮之一段曰：「首一戴武弁，視文吏如仇讎。足一蹈軍門，視農夫如草芥。謀不足以翦除兇逆，而詐足以抑揚威福。勇不足以鎮衛社稷，而暴足以侵軼里閭。」此一段文章，竟活畫今日軍閥之面目。晚唐藩鎮之亂，以迄於五代，凡百年。然則生當今日而望重睹太平，不略嫌太早也耶。吾為此懼。劉蕡乃昌平人，主試者以其策論之傷時而黜之。同時應舉而中選者共二十有二人。其中有名李郃者，憤然曰：「劉蕡下第，我輩登科，能勿汗顏。」亦可見當日之輿論矣。

宋太祖怵於晚唐五代之亂，刻意裁抑軍人；然而右文過甚，致外患之來，無以為禦，後卒以此覆其宗，固無論矣。即仁宗之世，以一儂智高，亦且披靡兩廣，守土者聞風而遁，日下數城，至勞朝廷重臣，僅乃平之。當時狄青督師南下，交趾遣使請求會兵，助我平亂，狄青嚴詞拒絕。其上朝廷札子中有一語曰：「假兵於外以除內寇，非我利也。」名臣謀國，其遠略實有邁於常人。獨惜今之執政者，無暇讀書，可奈何。

范文正守杭，子弟知其有退志，乘間請治第於洛陽，樹園圃為逸老地。范曰：「人苟有道義之樂，形骸可外，況居室乎。……且西都士大夫園林相望，為主人者莫得常游，而誰獨障吾游者。豈必有諸己而後為樂耶？」其闊達誠不可及。「為主人者莫得常游」一語，千古如一，真有意思。惜今之達官貴人，富商大賈，亦無暇讀書，遂令九百年前，有人斷決其終身而不自覺，實屬可憐。

六、項羽定是美男子

唐武后見駱賓王所草之檄文，慨然歎曰：「此宰相之過也，有才如此，乃使之流落不偶耶。」真是聰明人語。既見闊達大度，又能深明宰相之職責。為宰相者，責任不僅在於施政，而尤在於進賢。人才之調劑與分配，最宜注意。若運用得宜，在消極的方面可以弭亂萌，而積極的方面更可以福民利國。蓋豪傑之士，絕非壓抑之所能消滅。「多助寡助」，實成敗之最大關鍵。此中消息，固未可為外人道矣。

北宋真宗大宗祥符二年九月，司天監言太陰當食之既，請禱祀之。帝曰：「經躔已定，何可祈也。」帝者而聰明若此，真無奈之何。自古以來，災異祥瑞，史不絕書。此乃古之聖哲，借自然界之變象以控制帝者於萬一，以祥瑞為獎勵，災異為懲戒。雷電雨雹，地震日食等，則曰上帝震怒，亟宜恐懼修省，危言以恫嚇之。其計甚拙，而其心則甚苦矣。假令帝者皆如宋真宗，於經緯躔度，了然於心，其科學知識，視司天監尤為高明；則真無法以治之矣。但此司天監亦未免太急激，俟月既食而嚇之則可矣。事前相告，何異於藏頭而自露其尾。

項王語漢王曰：「天下匈匈數歲，徒以吾兩人耳。願與大王挑戰決雌雄，毋苦天下民父子為也。」此真乃仁者之言。項羽初起僅二十四歲，苦戰七年，死時亦只三十一。斯亦人傑也已。觀於所以語劉邦者如是其敦厚；對於虞姬又如是其溫柔；竊以為項王定是一美男子。今戲臺上把他勾成一張大黑臉，恐怕不對。想是因其事功之叱咤，遂以黑臉刻畫「勇」字之意義而已。

七、命懸於君之動念

讀清初康雍乾三朝這文字獄，令人髮指，令人皆裂，又令人毛戴。帝王之為物，實界乎人、獸、鬼、神之間，望之似人，兇狠似猛獸，陰險似鬼，尊嚴如天神，故其動作，實不可以常理論。據《查東山年譜》，敘莊史之獄，磔殺者七十餘人，遣戍者百有餘人，慘毒之狀，令人不忍卒讀，然而更有甚焉者。

元嘉二十七年，北魏武帝，命崔浩撰《國史》，記魏之先世事，皆詳實直書。北人忿恚，譖浩於帝，指為暴揚國惡。蓋拓跋氏之先世，猶是蠻荒膻族，述之殊不體面也。帝大怒，使有司案浩罪。誅浩及僚屬，下至僮僕，凡一百二十八人，皆夷五族。六月己亥，復詔誅清河崔氏與浩同宗者無遠近。又誅浩姻家范陽盧氏、太原郭氏、河東柳氏；並夷其族。餘皆只誅其身，縶浩置檻內，送詣城南。衛士數十人溲其上，呼聲嗷嗷。以此計算，殺戮奚止千人。元嘉當第五世紀之上半期，距今恰一千五百年，當是有史以來最早之文字大獄矣。史稱魏孝武既而悔之云。似此等動作，豈得謂之人。

東晉安帝義熙三年，後燕主慕容熙之妃符氏卒，高陽王隆之妃張氏，熙之嫂也，美而有巧思，熙欲以為殉，遂賜死。

八、天才非學力所能致

人之聰明，有專發達於一部分得，無論其為善為惡，要之此一部分之能力，非他人之所能幾及，是曰天才。天才乃稟自天賦，非學力所能致矣。如鄭注之肆應才是也。唐文宗時，有鄭注者，翼城人，巧佞善揣人意。貧甚，挾醫術以遊四方。一牙將薦之於李愬，遂有寵，浸預軍政作威福。王守澄請愬去之。愬曰：「此奇才也，將軍試與之語。」澄有難色，及見，大喜，延之中堂，恨相見之晚。既而御史李款奏彈注。澄匿注於右軍。左軍李弘楚與韋元素，共謀殺注，使元素稱疾，召之來，舉目為號，即曳出而杖斃之。注至，吐辭泉涌。素執手款曲，厚遺金帛而遣之。其魔力之大，真有不可思議者矣。若與素所欽仰之人見，折服宜也。既厭惡而萌欲殺之念，乃一見傾倒，非天才而能若是乎。隨後澄又薦注於文宗，復蒙大用。總計鄭注之生平，只是一便佞小人，無所建白。若稍有學問，得此際會，寧不大行其道。王守澄韋元素，猶曰庸才，殊乏知人之明。若李愬者，亦可謂一時之俊傑矣，乃亦為所惑，異哉。人不易知，知人亦復不易，不其然乎？

自秦漢以至於五代，宰相入朝，例與皇帝從容坐議，無所拘束。迨陳橋之變，宋太祖以范質、王溥為宰相。質、溥皆周室舊臣，內存形跡，乃請每事具札子進呈取旨。帝從之。由是坐論之禮遂廢。大抵良法美意之變遷，由於人主之摧殘者半，由於臣下之奄阿取容者亦半。

九、兄弟間宜分居

宋太祖開寶元年，詔荊湖民，祖父母在者子孫不得別財異居。又宋太宗時，詔有孝於父母三世同居者旌其門。案治平之順序，而注重於修齊，宜也。但欲致之，必須從教育入手。使人人有士君子之行，則孝悌不勸而自敦矣。若欲以誥令強制執行，吾未見其即齊也。且孝悌之道，存乎心而已。形合而意違，與揆隔而孺慕者孰為孝道。可知此事在精神而不在形式。九代不分居，世傳美德。然夷考其方，則唯賴「百忍」以自持。試思其精神上所受之痛苦為何如矣。忍者何？強自遏抑而已。勉強遷就而已。凡百如是，即凡百苦痛。堂下皆形神痛苦，而謂堂上可以愉快，未之有也。竊以為凡欲保全兄弟間感情之和睦者，亟宜分居。乾餱之釁，每起自婦人孺子，而婢僕尤為爭鬥之媒。女子小人，聖人且乏應付之術，斯可知矣。且不分居之弊，最易養成子弟之依賴性，更害之甚者矣。

淳熙十五年，周必大薦朱熹為江西提刑。熹入奏事，有要於路者曰：「正心誠意之論，上所厭聞，慎毋復言。」熹曰：「吾生平所學唯此四字，可隱默以欺吾君乎？」此一語最可作「正心誠意」之註腳。「所謂誠其意者，毋自欺也」，又可作此語之註腳。

十、印刷術之發明乃在北宋初年

北宋真宗景德二年五月，帝幸國子監，閱書庫。問祭酒邢昺，書版幾何。昺曰：「國初不及四千，今十餘萬，經史正義皆具。臣少時業儒，每見學子不能具經疏，蓋傳寫不給故也。今版本大備，士庶皆家有之，斯乃儒者逢時之幸矣」云。考景德二年上距建隆元年恰四十又五載（九六〇－一〇〇五）。然則邢昺之所謂「國初」、所謂「少時」云者，僅二三十年間事耳。乃國子監之書籍由三千餘冊而驟增至十萬餘冊。突飛之速，實屬可驚。可證印刷術之發明乃在北宋初年，即公元第十世紀之中葉，距今恰是一千年。又景德二年十月，丁謂等上《景德農田勅》五卷，令雕印頒行，民間咸以為便。此亦印刷術初行之一證據矣。

南宋紹熙慶元間，直敷文閣趙不迂建書樓於江西鉛山縣以供眾覽。謂因邑人舊無藏書，士病於所求。乃儲書數萬卷，經、史、子、集分四部，使一人司鑰掌之。來者導之登樓。樓中設几席，俾得縱覽。見《廣信府》志。

同時有鄭文英者，建巢經樓於福州。樓之側有尚友齋。欲借書者取書而就讀於齋中，不得借出。見《稼軒集詞題》。

斯二樓者，觀其管理制度，絕非私人藏用以自娛者可比。實公開閱覽性質，與現代之圖書館無稍異。距今已八百年矣。此或為世界最早之公開圖書館，未可知也。埃及與歐洲之古代史，雖亦有記載藏書之事。然或在帝王之宅；百姓不能見，或在僧侶之手，平民不得讀。「藏」而已，且不能比中國古代之太學，遑論公開。當十二世紀之初年，實未必有公開閱覽之圖書館如鉛山趙氏及巢經樓者。趙不迂，字晉臣。

十一、干支最為妙用

少日讀者，每至有用干支之處，輒蹙額以為不然；如曰天寶三年十一月甲戌，總以為甲戌是某日孰能知之，曷若十一月初一或十一之為簡便也。迨長而治考據之學，乃肅然對於先民下一深深之敬禮。假令古人屏干支而不用，則我將墜於冥索之途中，不知多費幾許精神矣。即如歷代帝王之紀元，有以即位之年為元年者，有以即位之翌年為元年者，若舊君崩於六月，新君即位而改元，則多出一年矣；但用干支則不患其能亂。即亂亦可以證之。又如西曆，當紀元前四十六年時，羅馬改行新曆法，補閏兩月，後世咸以為紛亂之至。又追算基督生日，後世咸認為錯算四年，但行之既久，雖明知其誤而憚於更改耳。唯中國之干支則永無此患。蓋前後干支其數為六十一，無論若何粗心，當不致誤。若天干錯一字，其數最少為十三，如（甲子至丙子）；地支錯一字，其數最少為十一，如（甲子至甲戌）；即偶或筆誤，只要讀書者稍留意，必能發覺。且每月之大盡小盡，最易致誤，唯干支則永不受此等拘束，大盡也如是，小盡也如是；改元在即位之初如是，明年乃改亦復如是。我行我法，自成系統，實整理國故之最良標準也。試舉一例以明之。如《詩．小雅》「十月之交，朔日辛卯。日有食之，亦孔之醜。」一篇，或曰此刺幽王之詩也，或曰此刺厲王之詩也，議論紛紜。查幽王以庚申年即位，十一年庚午為犬戎所殺。在位之第三年壬戌納褒姒，第六年乙丑（即西

十二、野心之蓬勃

人類之望無窮，世界之進化也以此，而社會之紊亂也亦以此。循軌以進，謂之欲望；擴而大之，以至出乎常軌，謂之野心。要之不以眼前之地位為滿足，更思所以改造之，其揆一也。老氏曰，「不見可欲，使心不動」；此語可分作主觀與客觀之兩方面解釋。「不見」，屬於主觀；蓋自抑其心而勿使之動，方法莫善於不見。「可欲」，屬於客觀；蓋客體既具有挑撥性而使余心動，則其中必有可欲者存。大抵野心之起，必因客體有可欲之處以挑撥之，致怒發而不能自已。

歷史上最能表現野心之蓬勃者吾得三語焉。其一即陳涉之「燕雀焉知鴻稭志哉」；其二即項羽之「彼可取而代也」；其三即劉邦之「大丈夫不當如是耶」。試細玩此三語之神味，其野心之勃勃實有不能自已者矣。然尋繹其動機，不外因帝王之可貴有以挑撥之。其可貴處：一在尊嚴威武之虛榮，一在子女玉帛之實利，此虛榮與實利二者，即是可欲。蓋「可欲」乃客體，「見可欲」乃主體也。秦之亡實亡於此三語。山東豪俊之並起，劉項七年之血戰，不過此三語題中應有之義。苦戰為果，三語乃其因，而可欲又為此三語之因。所謂「除秦苛政」，「與民更始」等等，不過門面語，即於劉邦「今而後知帝王之可貴也」一語知之，非武斷也。假令秦皇深居簡出，勿以帝王之尊嚴威武炫燿於人，則秦雖亡亦不至如是之速。若不招搖過市，則道旁之項羽，又何從有「彼可取而代

十三、政教分離

北宋仁宗初年，詔天下州軍，凡僧百人得歲度弟子一人。至和初，改聽僧五十人得歲度弟子一人。此實歷史上關於宗教問題一極有趣之誥令矣。不以教義之不同作積極的干涉信仰，而唯作此種消極的限制；以視西洋歷史因宗教而戰爭垂數百年，殺人不可以數計者，度量之相越，豈不遠哉。「信仰自由」四字，在彼方實以無量之碧血易來，唯在我國，則自始即認為天賦之自由，孔、佛、耶、回、道，乃至於婆羅門，喇嘛，一例接受，無所偏倚。反對接受之文章，只有韓愈之〈諫迎佛骨表〉。然而持論淺薄，並未搔著印度思想之癢處，亦從未有人承認此表為一篇討論學理之文章。至於晚清之教案，則曾無半點宗教氣味。所謂教案云者，乃「教士」之教而非「宗教」之教也。

中歷史上所以無宗教戰爭者，其根本原因即在於政教分離。然而有一件不可思議之事為人所共知而熟視若無睹者，即人有觸犯刑律自知必難倖免時，若遁入空門，削髮為僧，則生命即能保全。此並非因僧院之勢力足以對抗法律，亦從未聞有官軍圍攻寺院，追索逋逃，而僧徒拒捕者。（少林寺案乃一特殊現象，非此之謂）。此等不可思議之一事，是否遍於全國，雖未深悉，但三十年前，吾粵則視為固然矣。少日在廣州讀書時，嘗親聆海幢寺一老方丈之言，謂無論若何兇悍之人，當受戒落髮時，鮮有不淚流被頰者云。想是因此一剎那間，即是與父母妻子恩斷緣絕之時；入人甚深之家族觀念，不由得勾起其天性之發動也。地方政府之所以明知而不追捕者，想亦原於同一之觀念；意謂此人既山窮水盡而出此絕大之犧牲，則可以不咎其既往矣。吾因是而知宋仁宗之誥令，必非預防佛教勢力之膨脹而發，毋亦出於同一之觀念，不忍見其赤子多所犧牲而已。

十四、國際地位在文化高下

北宋仁宗慶歷五年「知制誥余靖，前後三使遼，益習外國語。嘗對遼主效其國語。侍御史王平，監察御史劉元瑜等，劾靖失使臣之體，請加罪。庚午，出靖知吉州。」讀此一段記事，可見當年國勢雖日盛，然猶是上國氣度。斯時遼、宋，已成敵體之國家；今之河北、山西諸者，盡入於遼。益之以遼、吉、黑、熱、察、綏、內蒙，其幅員之廣，遠過於宋。然於外交上，中國猶能保持其國語之尊嚴；可見國際地位，不在版圖之廣狹，而在文化之高下也。於今則何如矣。尚忍言哉。

《史記》之〈十二諸侯年表〉、〈六國表〉等，實為後世表冊之祖。此種技術，功用乃在文字之外，偉大之創造也。唯年代頗有錯誤處。如齊閔王即位乃在周赧王二年，而《史記》則誤作顯王四十六年，相差十載。魏襄王即位在慎靚王三年，而《史記》則誤作顯王三十五年，相差十六載。且無端多出一名魏哀王。其餘之國君，相差一二年者尚多。此等錯誤，或未必在太史公，後世展轉傳鈔，隨時皆可以致誤耳。

十五、海源閣孤本散失殆盡

山東聊城楊氏海源閣，為近代有名之藏書家，所藏多海內孤本。年來喪亂，亦既散失殆盡。此種故實，其價值足以起余懷。述其歷史之大略如下。

晚明劉子威、錢功甫、楊五川、趙汝師稱海內藏書四大家。後幾經變遷，清初乃盡入於絳雲樓；絳雲態者，錢牧齋之藏書處也。當絳雲未火之先，其中善本，大半已入於常熟毛子晉及錢遵王之手。毛即有名之汲古閣主人。乾隆朝，怡親王弘曉，收集徐健庵，季滄葦之書籍藏於樂善堂。而徐、季之上手即毛、錢也。可見樂善堂之所藏，乃絳雲樓與汲古閣之集合體矣。統計毛子晉，錢遵王、季滄葦、徐健庵，四家之書籍，半入於樂善堂，而半入於江南黃蕘圃之手；黃蕘圃、周香嚴、袁壽階、顧抱沖，稱為乾嘉時吳中藏書四大家。道光間，四家之所藏盡入於長洲汪閬源之藝芸書舍。楊氏海源閣之書，即藝芸書舍之全部及樂善堂之一部。於是明清兩代江南之珍本書籍，盡皆北來，集中於聊城矣。因此而得免洪楊之浩劫，不至與文匯、文宗、文瀾三閣同歸一炬；此中似有天意，而孰知其終不得免也。

海源閣主楊以增，清中葉官至兩湖河道總督，謚端勤；性好典籍，收藏甚富，皆包慎伯為之鑑定，築室十二楹藏之。分上下兩層，樓上為宋元精本，樓下則為仿宋元本、明本、清初本、武英殿本、手鈔本等。碑帖字畫則藏於後院。其子紹和，尚能繼業，著有《楹書偶錄》一部。孫保彝，無子，以猶子入繼，即今之主人楊敬夫是也。咸同間捻匪猖獗時，海源閣曾遭一小劫，但損失甚微，民國十八年，巨匪王冠軍陷聊城，海源閣又遭一劫。同年匪亂，一渠魁曰千金子者，率眾佔據楊宅；碑帖、冊葉、字畫等散失殆盡。閣藏古硯二百餘方，硯銘拓片共裝四厚冊，瑰瑋可想。今已無一存者。然當時千金子猶能嚴令匪眾不得擅入畫室，故書籍賴以保全。十九年春，匪勢復熾，海源閣仍為千金子所據，重頒禁令，不擅動藏書，此所謂盜亦有道者歟。後千金子以御下過嚴之故，為眾所殺，復洩憤於書籍；樓下所藏，殘毀殆盡。後院碑帖，因屋頂為砲彈所穿，連月大雨；盡成泥漿，深可數尺。此中不知多少鴻寶。當王冠軍入楊宅時，劫取宋元珍本八大箱，移至保定；未幾而王以事自戕，此物又不知入於誰氏手。聞事後點檢殘缺，計經部損十之七，子史兩部各損十之四，集部損十之三，宋元版本已無一存者。

十六、《四庫全書》之存毀

中國以政府之力集典籍之大成者，宋有《太平御覽》，明有《永樂大典》，清有《古今圖書集成》及《四庫全書》。《太平御覽》規模甚小，乃宋太祖太平興國二年敕撰，凡一千卷。《永樂大典》，乃明成祖永樂元年敕編，都凡一萬二千冊，二萬二千八百餘卷。當時曾寫兩部，一儲南京，一儲北京，未幾悉毀於火。嘉靖間，重寫一部，儲內廷之翰林院。至清初已有殘闕。庚子一役，喪失殆盡。今散見於世界各國之圖書館，每館數冊或數十冊不等。北京之國立圖書館，亦只保存殘餘數十冊而已。《圖書集成》乃清聖祖敕撰，逮世宗之世始付校印，共一萬卷。《四庫全書》則規模愈宏大。都凡三千四百五十九種，三萬六千零七十八冊，七萬九千七十卷。經二十年繼續不斷之工作，其業乃成。乾隆三十七年正月，下詔徵書。三十八年二月，令蒐輯遺籍，定名曰《四庫全書》。三十九年六月，令倣天一閣制，建文津閣於熱河，建文源閣於圓明園。同年十月，又敕建文淵閣於宮內。四十年夏，文津文源成。四十一年夏，文淵亦成。四十七年正月，又於盛京建文溯閣。同時又敕建三閣於江南。杭州曰文瀾，鎮江曰文宗，揚州曰文匯。至此而四庫全書共有七部矣。七部之寫成，孰為後先，一時未及詳考。但文津一部，成於嘉慶初年，則有徵矣。因書上有太上皇帝之璽故也。洪楊之役，文宗、文匯毀於火，文瀾亦毀其泰半。咸豐十年，（一九六〇）文源

十七、天事人事各居其半

是非、善惡、美醜、真假等對待名詞，原無定據，緣各人之主觀以為衡。世說有娶婦而眇一目者，其夫愛之甚，非敬其德，實寵其貌也。有質之者曰，尊閫五官不完，何可愛之與有。其人曰，即此便佳，世人實多卻一目，非吾妻少之也。彼之主觀乃如此，誰復能判其是非曲直者。不寧唯是，即禍福亦何獨不然。光緒初葉，孝欽西后提海軍衙門三千萬兩以興修頤和園。致甲午之役，喪師辱國，割地賠款以構和，國人皆以孝欽為禍水，誠哉其禍水也。然而由今思之，甲午一役，勝敗之數，未必即取決於此三千萬兩。與其鎮遠、致遠、定遠等艦而外，再添一二艘以賂東鄰；或多留一二艦於今日，以備內亂暴發時輒左右望以作投機事業；何如留得名園，供此日之登臨憑眺也。又光緒二十六年庚子，義和團起於北京，結果乃有八國聯軍入據中樞，兩宮播遷，賠款四萬萬五千萬兩，至今猶未清償，此更禍之甚者矣。然而最近十數年間，政治之混亂不足道，但有幾種文化事業，猶得於混亂之中，按步就班以進行，成績尚差強人意。此則各國退還庚子賠款之援助也，義和團之功勞也，國之利而民之福也，禍患云乎哉。由此觀之，豈獨主觀之善惡無定據，即事實之禍福亦幾難憑矣。

禍兮福所倚，福兮禍所伏。斯言也，原是含一種勉勵警惕之意。謂挫折不必灰心，宜繼續奮鬥，則挫折即經驗也。得意勿沾沾自喜，自滿而驕，其失敗可翹足而待矣。此乃專從人為方面立論，自是不磨。但世間一切，實天事居其半，人事居其半，若欲使政府預儲一筆存款，交與外國人保管，俾勿挪作內爭之用；留待三十年後，至政局混亂羅掘俱窮之時，然後提出以辦教育事業；辦圖書館博物館；研究考古學地質學，及美術營造學等；則事實上必為不可能。莫或使之，若或使之，大師兄們闖出一段彌天大禍，遂為後人種落此一段福田，豈當日之所及料哉；即以通常之禍福倚伏說言之，亦難索解也。故曰天事居其半，人事居其半。

十八、記廣州光孝寺

廣州之光孝寺，乃一有名之禪林。其名也，非以其壯麗也；因其地有兩重歷史上之價值，足垂不朽。少日讀書於廣州，該地為足跡所常至。光宣間，地方官吏以籌備立憲為名，毀廟宇以表示其頭腦之新，實則別有所謂。然而光孝寺得巋然尚存，亦天幸也。是不可以不記。

所謂兩重歷史價值者：一則該地址乃虞翻故宅，一則該寺院即六祖傳受衣鉢之地也。當分別誌之。

阮元《廣東通志》云：明嘉靖十六年，廣東布政司曾燠，建虞翻廟於光孝寺中。光孝寺者，相傳即虞仲翔先生故宅也云。阮文達公乃博學君子，雖所據曰傳聞，然不以為謬，定當不誤。先敘虞翻之生平。

虞翻，字仲翔，浙江會稽餘姚人，生於東漢靈帝熹平間，治易學，有名於時，極為孫策所器重，及權任至騎都尉。以性疏直，年五十，謫於交州。交州即今之廣州也。魏正始間卒於戍，妻子得返故里。後以其故宅改為禪林，名曰光孝寺。光緒中葉，張之洞督粵，建三君祠於粵秀山學海堂之側。三君者，即虞翻、韓愈、蘇軾也。張集唐句撰一聯懸於兩楹，曰，「海氣百重樓，豈謂浮雲能蔽日；文章千古事，蕭條異代不同時。」一時傳誦。蓋三君皆以被讒而遷謫於廣東，一漢一唐一宋，異代而生，而皆以文章顯者也。粵秀山為童時所常遊，入民國以來猶一度至；則見祠之門窗盡毀，三君之牌位猶存，楹聯則早已為薪矣。不勝今昔之感。

光孝寺即虞仲翔先生故宅之遺址，亦即弘忍法師傳衣缽於六祖慧能之地。計自如來涅槃後，附囑迦葉大師為第一祖，二十八傳至達摩，是為東土初祖。梁武帝時，達摩至廣州，後居嵩山，面壁九年而化。慧可傳其衣缽，是為二祖。三祖僧璨，四祖道信，五祖弘忍。弘忍卓錫於廣州光孝寺，寺之殿前有一池，池之旁有菩提樹一株，相傳乃達摩移自西土者，至今尚在。一日，有兩僧坐於臺階上，偶見殿前之旛因風搖曳。一僧曰旛動，一僧曰風動，呶呶不已。忽聞背後有人曰。「非風動，非旛動，賢者心自動。」兩僧回顧，則見說話者乃寺中之一舂米工人，姓盧，籍隸廣東之新興縣，因而奇之。兒時猶見池邊風旛堂之兩楹懸長聯一副曰，「風動也，旛動也，清池碧水湛然；東土耶，西土耶，古木靈根不異。」即用此事。菩提樹即在風旛堂前。一次，五祖弘忍法師欲傳衣缽，集寺眾於一堂以說偈。其大弟子神秀曰，「心似菩提樹，意如明鏡臺，時時勤拂拭，勿使惹塵埃。」五祖首肯。忽聞一人揚言於眾曰，「菩提本無樹，明鏡亦非臺，本來無一物，何處惹塵埃。」五祖大驚，視之，則盧姓之舂米工人也。因即為之剃度，傳以衣缽，命名曰慧能，是為六祖。隨後六祖卓錫於韶州曹溪之寶林寺，唐玄宗時卒。六祖以後，衣缽不再傳矣。

六祖一派，是為禪宗。其法門曰即心是佛，故亦稱心宗。謂一覺便得，不必讀經云。

十九、明清之帝陵

年來盜墳之案，層出不窮，多數出自清室之貴族餘裔，其為不肖子孫自盜自賣者有之，或以謾藏而誨盜者亦有之，最著者莫如十七年五月之東陵案矣。考清代帝后，分葬於東西二陵。東陵在京兆之東，屬薊州之平谷縣，孝陵（世祖順治）、景陵（聖祖康熙）、裕陵（高宗乾隆）、定陵（文宗咸豐）、惠陵（穆宗同治）在焉。西陵在京西保定府易縣之梁格莊，泰陵（世宗雍正）、昌陵（仁宗嘉慶）、慕陵（宣宗道光）、崇陵（德宗光緒）在焉。歷代陵墓之制，每於新帝即位之初，即經始陵工。后妃之先於皇帝而歿者得以附葬。及帝之梓棺既入，則隧道之石門封鎖，不復啟矣。是以後死之妃嬪，只能附葬於旁峪。如十七年夏孫殿英部之第八旅所發馬蘭峪之裕陵，中有妃嬪棺槨五具。帝之梓棺，漆厚數寸，雕刻精美。蓋高宗享國最久，自即位之初，所謂萬年梓宮者即著手上漆，此種工作，繼續六十三年不斷，焉得不厚數寸。后妃之棺五具，皆先於高宗而歿者也。孝欽之陵則在普陀峪，位於定陵之東。蓋自文宗之梓棺既入，定陵即已封閉，孝欽不得入矣。聞被發之日，孝欽之屍體如生，髮漆黑而纏以紅絲。暴徒裸之，移擲於地宮之西北隅。頭東而腳西，其為倒曳可知。既歿恰二十年矣。

自兩漢以迄南宋，帝者之陵墓無一倖存。《後漢書．劉盆子傳》載赤眉賊發西漢諸陵，暴呂后之屍。又云妃嬪之以玉匣殮者皆顏貌如生，賊眾多行淫污。所謂玉匣云者，蓋以美玉琢成竹簡形，自首至踵，量身材及手足之肥瘦，分段而以兩片對合之。但如是即可以保存屍體之不變，誠不可思議。若以孝欽之屍體未腐例之，亦未可以漢書為無稽耳。早知如此，速朽何至受辱，斯亦不可以已乎！

元、明兩代，陵墓並存。元之國俗，不立墓表，不修饗殿，人死則用楠木二片刓之使成人形，修短肥瘦，與屍體相彷彿，然後以金作箍，四條束之，掘深坑以葬。既葬之後，填土使平，用萬馬蹴踏，俾無痕跡可尋而後已。是故元代之帝陵，至今猶深藏於地下也。明鼎既革，清帝旋頒諭旨，慎重保護明代諸陵，歲撥國帑以供祭禮，且隨時修葺饗殿焉。此不得不謂清室之仁厚矣。

明太祖之孝陵在南京。自成祖定都燕京，卜地於京北之昌平縣以修陵墓。曰

長陵　成祖永樂

獻陵　仁宗洪熙

景陵　宣宗宣德

裕陵　英宗正統　孝肅皇后祔

茂陵　憲宗成化　孝穆孝惠皇后祔

泰陵　孝宗弘治

康陵　武宗正德

永陵　世宗嘉靖　孝烈孝恪皇后祔
昭陵　穆宗隆慶　孝安孝定皇后祔
定陵　神宗萬曆　孝靖皇后祔
慶陵　光宗泰昌　孝和孝純皇后祔
德陵　熹宗天啟
思陵　懷宗崇禎　周后祔（陵工未竣而國變，遂啟田妃陵以葬。）

即世所稱為十三陵者是矣，至今尚存；唯諸陵之饗殿則已破壞不堪，蓋入民國以來，未嘗一度修理，更閱十年，盡將圮為瓦礫矣。以倡言「反清復明」之民國，對於明諸陵之行誼，反不如清朝，斯亦奇矣。

二十、一代興亡非關天時地利

南宋之亡，後世之史評家咸以當日不都江寧而遷臨安為失計。謂淮河失險，宜坐鎮長江，不應退入一甌脫之地。事後追悔，自能言之成理。然而成敗在人，天時地利，未必即關全局之安危。觀於明之亡，則此種事後追悔之空言，可以休矣。

明末南都之軍事佈置，以重兵屯於江北，分為四鎮，黃得功駐盧州，高傑駐徐州，劉澤清駐淮安，劉良佐駐壽州，而以史可法為督師，駐揚州，節制諸鎮，復以左良玉駐武昌為犄角。此種軍事計畫，不得謂之不周密。即以人才論，史閣部之精忠無論矣，黃得功、左良玉，堪稱雄才，即高傑亦不失為梟將，似此設計，追悔南宋者，宜乎可以無憾矣，然而結果亦何嘗足以救明代之亡。蓋以福王之懦弱昏庸，馬士英、阮大鋮等之奸邪乖戾，雖有長江天塹，豈能阻胡馬之飛渡哉。故曰一代興亡，非只繫於天時地利也。

二十一、玄嗣最易啟亂萌

宋仁宗無子，至和末年得疾，廷臣多請早立嗣，帝悉未許，如是者五六年。嘉祐六年，司馬光、韓琦，諸賢又以此為請，帝乃簡立濮王子宗實，年三十矣，是為他年之英宗。君主政治，唯立嗣問題最易啟亂萌，為人臣者，謀國尚易，唯干涉他人之家事最為困難，無怪諸賢之兢兢也。當日溫公奏請，並約韓琦與御史陳洙共同進行，洙奏入，歸語其家人曰：「我今日入一文字，言社稷大計，若得罪，大者死，小者貶竄。汝曹當為之備。」翌日，洙得暴病卒。有疑為飲藥者，殆未必；然慄慄危懼，則情見乎詞矣。

仁宗既歿，英宗即位，未幾而疾作；太后攝政，兩宮之間，每多齟齬，群臣憂之，僉謀所以補救之策。於是司馬光勸英宗以孝，韓琦勸太后以慈，或面諫，或疏進，強聒不休；迨時機既熟，乃以霹靂手段行奪印撤簾之事，北宋之祚，乃得繼續平治數十年；然諸賢干涉他人家事，其心亦良苦矣。自漢魏以迄兩宋，君臣之間尚屬親切，故諸賢得間以進言。亦可證當時之君主政制尚未達於極端，須更歷千年，其氣乃盡。萬事萬物，悉循斯軌。若有能調節其中和，勿使遽趨極端，則此事之壽命可以延長，然亦不過時間問題而已。蓋凡可動之物向一方出發，未有不達極端之時，除是循環，循環非進化也。

宋仁宗嘉祐五年十一月，「詔自今臣僚之家，毋得陳乞御篆神道碑額。」吾儕從消極方面所得，可知嘉祐五年以前皆得陳乞御篆碑額矣。亦可見當日君臣之間尚未達尊而不親之程度也。

二十二、英雄已入吾彀中

宋仁宗嘉祐二年，王洙侍邇英閣，講《周禮》，至三年大比；帝曰：「古者選士如此，今率四五歲一下詔，故士有抑而不進者；為今之計，孰若裁其數而屢舉也。」下有司議，咸請易以間歲之法。十二月戊申，詔：「自今間歲貢舉，進士諸科，悉解舊額之半。」案漢有天下，師古意而立貢舉之制，其後每次易姓，干戈稍定，輒急急於開科取士。在朝廷以此為安定人心之工具，在百姓亦成以此為天下已定於一尊之唯一標準。是以洪秀全才入南京，在戎馬倥傯之際，即速開科，此殆千餘年傳統心理，一若非如此不足以定人心也。然而此舉亦實在可作人心向背之試驗。即如滿洲入關之初，開科取士，其始也，氣節之士多不赴試，後乃逐年遞增，痕跡顯然，實無怪帝者之急急於以此為試金石，若趨之者眾，庶可高枕無憂也。

貢舉之制，目的在於進賢選能，其方法雖屢代變遷，而宗旨則一，可無疑義。但所進之賢，所選之能，皆以吏治人才為標準，此其最大缺點，制度本身之良否乃其次耳。是以千數百年間各種之技術天才，若不識高頭講章則無由自顯，只好鬱鬱以居於下流，人才之不經濟，莫此為甚。以余思之，此鉅大之惡果其種因實甚微細。帝者之初意，本無所謂「治人者，治於人者」之觀念，而特別重視政治才能；徒以反動及不歸附之人其可以號召群眾而成為勢力者，大抵有政治頭腦之輩，若收

二十三、薄稅斂

北宋之初，國家歲入一千六百餘萬緡，太宗以為極盛，兩倍於唐室矣。迨神宗之世，行青苗法，歲入增至六千餘萬緡。南渡之初，東南各省歲入不滿千萬，迨淳熙末葉，驟增至六千五百三十餘萬緡，版圖比於太平興國時僅得其半，而歲入乃四倍之，當日東南諸省之負擔，從可知矣。唐之開元天寶，稱為中國史之黃金時代，而國家歲入乃僅五百餘萬緡，物價之低廉可想。今之國家歲入，二百倍於盛唐，而人民幸福與盛唐較，果何如矣。

唐代疆域，無黑龍江、外蒙、雲、貴、西藏，但西邊則伸張至疏勒、突厥，以達於鹽海，幾及裏海之濱。以面積計，雖不及清代乾嘉時，而與現在略相等，國庫歲入乃僅此數，賦稅之輕微可知矣。「薄稅斂」乃所謂仁政者之唯一表現，是以歷代之有國者墨守此訓而莫敢渝。又宋元以前，舉凡國家之重大建築及導河開路等事皆行徵役制，不給工資，故臨時可以不加租稅，以符「薄稅斂」之旨，此亦國庫收入之數目可以不大之一原因也。

南宋《朝野雜記》載乾道元年之軍額總計為四十一萬八千人。每年合錢糧衣賜，約二百緡可養一兵云。一緡合今之銀幣幾何，雖未暇細考，但「緡」既為國家統計之本位，蓋亦等於今之「元」。雖價值未必相等，然當時之物價及生活程度，與今亦不相等；故但以國家之貨幣本位作計

二十四、外戚與宦官

漢宣帝甘露三年，圖畫功臣十一人於麒麟閣，霍光居首；東漢明帝永平三年，圖畫中興功臣三十二人於南宮雲臺，鄧禹居首；唐太宗貞觀十七年，圖畫功臣二十四人於凌煙閣，長孫無忌居首。此此諸人者，或因擁立有功，或則中興佐命，或為開國元勳，是以青史紀為盛事，後世傳為美譚。此固帝者之一種作用，然亦大抵權術與良心各半，未可厚非。蓋無論若何梟桀，迨事定功成之後，追念共同患難者，亦不能無所動於中耳。至如呂后與劉邦之屠戮功臣，則是別有肺腸，不在此例。

東漢之三公，即漢之丞相也。建武元年，以鄧禹為大司徒，王梁為大司空，吳漢為大司馬，是為中興以來第一任之三公。建武十三年，朱祐等疏薦賈復，謂宜為宰相，時帝方以吏事責三公，不從所請。建武二十年，大司徒戴涉坐罪下獄死，帝以三公連職，策免大司空竇融。讀此兩事，則光武之不置丞相，其精神之所在可知矣。建武二十七年，詔改大司馬為太尉，司徒、司空，並去大名，唯職權依舊。

案漢承秦制，置丞相；以丞相、御史大夫、太尉為三公。哀帝元壽二年，改以大司馬、大司徒、大司空為三公。光武因之而廢丞相制，行之一百七十九年。迨獻帝建安十三年夏六月，罷三公官，復置丞相、御史大夫。癸巳，以曹操為丞相，而三公又廢。

三公之制，終東漢之世，秉政府最高職權，對於皇帝共同負責。中間唯和帝永元元年，以竇憲為大將軍，位列三公上。四年，憲伏誅，此制旋廢。

案大將軍之擅政者，前有霍光，後有梁冀，皆以外戚而作大將軍，權傾一時。中間唯竇憲一破北單于，再破北匈奴，車師、月氏諸國悉來朝入貢，以外戚而兼武功，故威權特盛，亦即其所以太盛而不能久也。外戚、宦官實歷代朝綱崩墜之兩大原動力；清朝有鑑於此，是以極力裁抑之俾莫能振，君主制度至清代，真可稱盛水而不能漏。彼其不免於滅亡，誤傷而已。

漢武帝之對外威望，經王莽更始之世，中國內亂數十年，無暇兼顧，是以西北異族不時猖獗。章帝即位，乘南北兩匈奴之互戰，（宣帝時匈奴始分南北二國。）乃大振國威。竇憲以外戚而兼大將軍，對外打了幾場勝仗，後來班超之功業亦即乘勝而繼續發展，大光史乘。竇憲與年羹堯之邊功略相等，頗似彗星，光芒萬丈而為時甚短。

二十五、相國之位尊於丞相乎？

唐因隋制，以尚書令、侍中、中書令共議國政；謂之三者長官，其實即宰相職也。後以太宗在秦王府時嘗為尚書令，臣下避不敢居斯職，於是以僕射為尚書省長官，與侍中、中書令號為宰相。品位既崇，不欲輕以授人，故常以他官居宰相職而假以他名。如杜淹以吏部尚書參議朝政，魏徵以秘書監參預朝政，或曰參議得失，參知政事，其名不一，其實乃皆宰相。又如貞觀三年以房延齡為左僕射，杜如晦為右僕射。唐六典云，左右僕射，左右丞相之職也。此即貞觀元年由尚書令之所轉變者矣。

要而論之，東漢之三公，唐之三省長官，即丞相也。雖名號時有變遷，而實權則一。溯自沛公受命於項王而王漢中時，即以蕭何為丞相。五年，項王既滅，諸侯王請上尊號，稱皇帝，蕭何加封酇侯，賜食邑，但丞相之名如故也。九年，乃更以丞相何為相國。胡三省曰：「自丞相進相國，則相國之位尊於丞相矣。」按諸事實自應作如是論斷，長安之蕭何與漢中之蕭何，其勢位自不可同日而語；但以名詞論，則相國二字，並不始於此，亦並不特尊。當劉項戰爭時，陳餘迎趙王於代，而使夏說以相國守代。又漢王為魏立後，以彭將軍收魏地得十餘城，乃拜彭越為魏相國。由此觀之，則相國並不尊於丞相也。總之既出自帝王之口。則卑者自尊矣。

漢初諸侯王國亦置丞相，統眾官群卿大夫。景帝中五年，制度漸趨於中央集權，乃令諸侯王不得復治國，天子為置吏，實帝制之一大轉捩矣。

二十六、題詠各有懷抱

余之故鄉在縣城南八里，適當西江支流入海處，與厓門遙相望。村莊之形勢乃三山羅列，一大兩小。在南宋之世，三山屹立於江口，潮汐縈洄，故易淤積而成平陸，於今鄉民有掘地而發見大船之桅尖者，則當日洄旋之大可想。村南海上有大巖石突出水面，高逾五丈，名曰奇石；據志書所載，石上原有擘窠大書十二字，曰「鎮國大將軍張弘範滅宋於此」。蓋即陸秀夫負帝昺蹈海處，張追及，慶大功之告成，勒石以自鳴得意者也。明成化丙午歲，知縣丁積命工削其字，殊可惜。有趙德用題詠一首曰：「忍奪中華與外夷，乾坤回首重堪悲。鐫功奇石張弘範，不是胡兒是漢兒。」蓋寫實也。後人建慈元殿於厓山之下，奉祀帝后及死節諸臣，至今不絕。余家有一遠祖之墳葬近厓山，每歲省墓，必過奇石，蓋往返必以舟也。

慈元殿之建築，碧瓦紅牆，其式樣實一具體而微之皇宮。勒石之題詠甚多，有陳白沙先生一首曰：

天王舟楫浮南海，大將旌旗仆北風。
世亂英雄終死國，時來胡虜亦成功。

身為左袒皆劉豫，志復中原有謝公。
人眾勝天非一日，西湖雲掩鄂王宮。

又陳獨漉先生一首曰：

山木蕭蕭風更吹。兩崖波浪至今悲。
一聲望帝啼荒殿，十載愁人拜古祠。
海水有門分上下，江山無地限華夷。
停舟我亦艱難日，畏向蒼苔讀舊碑。

「乾坤回首」，「人眾勝天」，乃明朝人語；「我亦艱難」乃清朝人語，各人之心事宛然。

二十七、無名古畫真名手

故鄉有一北帝廟，北帝是何神祇，未及詳究，但廟貌頗為莊嚴。廟中珍藏古畫四十八幀，乃工筆繪歷史上二十四忠臣，二十四孝子。每幀約直五尺，橫三尺，人物馬匹，長度約八九寸，鬚眉髮鬣，絲絲見地，精神栩栩欲活，蓋紙本之大工筆也。無作者之名，且四十八幅不著一字。故老相傳，乃清初一外來之客。寄居此廟多年，終日除出遊外唯見作畫，臨去自言無以為報，舉此畫以相贈。此事親聆諸先祖父，先祖父生於嘉慶中葉，余之高曾與祖均壽享耆頤，自我而上，六代已達清初，口述與高祖者即睹見作畫之人，余乃親聆祖父之口述，其為信史，不容疑議，蓋已具備信史之條件故也。意者作畫之人必明末一志士，奔走國事而失敗，來此荒陬海隅以自晦，欲與南宋先烈相親而相憐。其去也或竟自沈崖海未可知也。此公之志節事業雖不得其詳，但以畫法而論，似真名手。獨惜余非美術家，又乏機會邀國內之美術家共詣故鄉以評定之。鄉間父老咸以此為傳世寶，每年燈節，例必懸掛十數日，自余則蘊櫝藏之。且畫非捲軸，乃每幅裱於一木框之上如外國之油畫然，即欲託人攜帶一幅出來，倩人品評，亦不可得耳。

二十八、領袖人物以闊達大度為第一

孟子曰，「故將大有為之君，必有所不召之臣，欲有謀焉，則就之，其尊德樂道，不如是不足以有為也。」寥寥數語，已能把所謂領袖人物，所謂創業之主，活現出來。竊以為袖領人物所應具備之條件，當以闊達大度為第一義。其有好從小節上自詡明察，或則威懾群下使莫敢忤余，則只是二三等人物而已，蓋一人之精力總有一最高限度，專於此則缺於彼，若事無大小，必躬必親，世界必無此偉人。有所不為然後可以有為，粗枝大葉無傷也。多砂石亦無傷也。修補吾之粗疏，檢點吾之砂石，即二三等領袖之任務矣。

唐高祖之於房延齡、杜如晦，唐太宗之於長孫無忌、魏徵，皆常就其家，而諸人亦常與帝者抗顏。史稱魏徵每犯顏苦諫，或逢上怒甚，徵神色不移，上輒為霽威。又曰，上嘗罷朝，怒曰，會須殺此田舍翁，后問為誰，上曰，魏徵每廷辱我。后乃退而易朝衣，整端莊之顏色以賀其得直臣，上乃莞然。又曰，魏徵有疾，上手詔問之，且言不見數日，朕過多矣，每欲自往，恐益為勞。又曰，人言魏徵舉止疏慢，我視之，則愈覺其嫵媚。

宋太祖之於范質、趙普亦然。范質寢疾，帝數幸其第，質家迎奉，器皿不具。帝曰，卿為宰相，何自苦乃爾。又曰，一夕大雪向夜，趙普家居，忽聞叩門聲甚急，出則見帝立雪中，普從容問曰，夜久寒甚，陛下何尚出來，帝曰，吾睡不能著，故來卿處。此皆所謂大有為之君者矣。即曾文正以一身而寄社稷安危時，戴震主之威，然其幕府中諍友之佳話，抑亦不少。今無矣乎，領袖人物且未有，國家安危，於茲焉託，是則可憂也。

二十九、自製中國歷史圖表

圖表之學，在學問上自成一種技術，若編製有方，每收功於文字之外，實著述之重要部分也。民國十七年夏秋之間，嘗與從子廷偉費二十餘日之工夫，每日工作十三四小時，製得中國歷史表兩張；其一斷代自平王東遷迄秦並六國，其一自始皇統一天下以迄清代滅亡。表成後，用頗自喜，見之者亦咸稱為得未曾有。茲將製表計畫錄存於此，用誌當日之慘澹經營，蓋稿凡十數易，煞費苦心也。

第一表

（一）此表起自平王東遷（公元前七七〇），迄秦並六國（公元前二二一），凡五百四十九年。以二米里密達代表一年，計長一密達又九生的八米里。斷代之所以始於平王者，蓋以東遷以後，封建制度起一大變化，實為封建趨集權之一過渡。

（二）以十二諸侯為經，而加入吳越；以子男國為緯，而旁及四裔與附庸。較於《史記》之十二諸侯年表，多一越國；較於《國語》《國策》則少一中山。司馬貞《索隱》曰，〈十二諸侯年表〉，「篇言十二，實敘十三者，賤夷狄不數吳，又霸在後故也。不數吳而敘之者，闔閭霸盟上國故也。」此乃太史公之春秋家法，體裁無妨各異。

（三）越與吳有密切關係，既列吳勢不能棄越，故並列之。中山即鮮虞，實為白狄別種，除九國聯軍攻秦之役以外，一切會盟征伐，彼實無關大局，故不列。

（四）越之滅，其說不一，或曰滅於楚，或曰六國滅亡後乃入於秦。《史記．越世家》；周顯王三十三年，越伐楚，楚人大敗之，乘勝盡取吳故地，東至浙江，越以此散；諸公族爭立，或為王，或為君，濱於海上。可見茲役以後，越已不國，不過尚餘少數殘留之潰卒，出沒於浙東；既無中心人物，尚豈能謂之曰國，故定為越滅於楚。

第二表

（一）此表自秦以迄清末，凡二千一百三十二年。以一米里密達代表兩年，計長一密達又六生的六米里。每一朝代或一國家，必將其創業之主與亡國之君，一一標出。但各家之著述，對於此等問題，間有出入，故此表自定一標準法，以名實相符為宗旨。

（二）譬如十六國之西秦，多以乞伏國仁為創業者，此表則定為乞伏乾歸。計國仁於東晉武帝太元十年，自稱秦河二州牧，同十二年，苻登封之為苑川王，尋卒，弟乾歸繼之。同十九年，乾歸取隴西郡，自稱秦王。史既稱其國曰西秦，似宜以其主權者自稱秦王之年為始。此一例乃人的問題。

（三）又如十國之吳越王錢鏐，其履歷如下：唐僖宗光啟二年十二月，以錢繆知杭州事；同三年正月，遷杭州刺史；昭宗景福元年三月，為杭州防禦史；同二年九月，為鎮海節度使；同乾寧三年十月，兼領鎮東節度使；同天復二年五月，進爵越王；同天祐元年四月，加封吳王；後梁太祖開平元年五月，以錢鏐為吳越王。若以植基為標準，可用光啟二年；以勢力跨兩浙為標準，可用乾寧三年；以封王為標準，可用天復二年。但史既稱其國為吳越矣，故用開平元年。此一例乃年的問題。

（四）又如唐武后時代，諸家多定為始於光宅元年。此表則於該時代之長度，畫為七米里有半，計十五年。蓋光宅以後，實權雖在武后，然名目則仍曰攝政，「周」之名乃自天授元年始，此亦一貫之標準也。

（五）北宋一代，以嚴格論，實不能謂之為統一，蓋石晉所賣之燕雲十六州，始終未嘗收回，西夏割據，亦無法平復。但史皆稱北宋為統一，故亦勉強加以統一之符號。然此表之所表示，則最為明瞭，蓋凡統一時代之下，例不復有粗橫線也。

（六）蒙古與滿州，起在當時之域外，似不必參入此表。但不略示其根蒂，則元、清兩代為無源之水，故為定一特別符號。

（七）明季餘裔及太平天國，當然不能不承認為偏安，蓋其年代之久長，過於五代之唐、晉、周也。

（八）此表之特色，在於割據之先後，國祚之長短，滅亡之遲早，一目了然。例如南北朝，可以一望而知北朝起在南朝之先，約當東晉中葉；而北周之亡，亦略先於陳。此外如十國及遼金等，亦復如是。又如十六國中，一望而知後燕發生時，成、前趙、後趙、前燕、前涼等五國已滅亡矣，並非十六國同時存在也。

（九）至於半圓表，實為最得意之創作。如五胡十六國，可謂亂雜已極，人皆知十六國之結果，分入南北朝；但某國歸南，某國歸北，殊不易記憶。前人及並時人畫十六國興亡表不下數十種，但殊少佳構。此半圓表，非唯於諸國之分入南北可一望而知，即某國為某國所滅，亦瞭如指掌也。

（十）附一歷代京都表，一一釋以今地理，其有遷都者，亦特為標出。

三十、東陵帝后墓被盜記

民國十七年之東陵案，實現代史之一大事件。一代興亡，遺禍及於枯骨，少日讀史每至此等事，未嘗不為之黯然。豈意生逢斯世，竟有人逐件重演一次以供余觀聽也，是不可以不記。

京東薊州遵化縣屬之馬蘭峪，清室東陵在焉。十七年七月下旬，守陵阿監來報，稱當地駐軍已將帝后之陵墓發掘，用猛烈之炸藥，工作十數日，始將地宮炸開一口，殉葬物品及祭器，盜掠一空云。清室遺族，得此消息，即往衛戍司令部報案，請求保護。八月五日下午六時，偵緝隊在琉璃廠尊古齋古玩舖捕獲其經理黃百川；又在東珠市口中國飯店捕獲譚松廷等數人，譚乃現在師長，自供所得珍寶不少，在京津兩處私賣不諱。日前以圓珠數顆，經由尊古齋售與外人，得價三萬數千元云。

第二消息：守東陵之旗丁來言曰，五月初間，忽有軍隊約五六千人移駐東陵，隨即頒布戒嚴令，斷絕交通。獨立日聞普陀峪轟聲動地，蓋即轟炸孝欽后之墓門也。地宮既啟，石案及供几上之祭器寶物劫掠一空，隨將梓棺劈開；群向棺內奪取珠寶，有軍官三名，因爭奪而相殺，橫屍於地宮。孝欽屍體，則倒曳而出，棄擲於地宮內之西北隅。復次炸毀高宗之裕陵，帝后及妃嬪之棺，盡行破壞。高宗之辮髮及肋骨數莖，拋置於墓門之外。旋又擬啟世祖順治之孝陵，正欲施行轟炸工作，有人告以順治帝出家於五台山，該陵乃屬空塚，必無所獲，乃止。軍人既飽掠而去，當地鄉民，有與該軍充當苦力者，猶在殘骨堆中，拾得珍寶不少云。清廢帝溥儀，聞此慘變，即服喪以示哀痛。並自天津派人來京，向政治分會請求保護其餘諸陵。謂已往之事，只憑國民政府秉公辦理，本人現已無何等權力可以追究云。可哀也已。又聞廢帝自籌得款項五千元，擬派員前往重殮高宗及孝欽之遺骸，以免暴露；但亦不敢擅往，乃先徵詢政府意見。頃由北京政治分會代理主席俞家驥接見，告以此事仍須向京津衛戍總司令部請示云。柙中之虎，可憐尤甚於雞豚，豈不然哉。

第三消息：北京市政府前派劉人瑞等往東陵查勘，已於八月廿六晚回京，報告如下：原駐東陵孫殿英部之譚溫江師第七旅駐東陵，第八旅駐馬蘭峪。自五月十七日起，（第二消息之旗丁報告所云六月初間，當是該旗丁記憶之誤，或以舊曆報。）忽宣布戒嚴令，斷絕交通，開始發掘工作，至五月廿四日乃蕆事。計所掘特乃高宗及孝欽二陵。此外尚有同治妃子之惠陵，乃去年被盜，今又重行翻搜一次。所盜之珍寶，據熟識情形者約略估計，當在一萬萬元以上；普陀峪孝欽之陵，所藏尤富。二陵合計，珍珠一項，計重約四五十斤，各色寶石稱是，珠之大者如鴿卵云。孝欽陵之玉西瓜，久稱清宮異寶，乃一徑尺之翡翠，約略雕琢，而瓜蒂天成，孝欽愛之，既歿以此為殉。高宗裕陵內，有古銅佛像二十四尊，硃砂雕刻高宗手寫屏幅十塊，二物最稱瓌寶。又云孝欽之屍，開棺時面貌如生，發露後，與空氣接觸，乃漸起變化。至於發掘工作，乃由隧道旁斜穿而入，石門不可破也。且該處工程最短，非有極高明之指導者不能出此。聞工作時，有鬚髮俱白之兩工兵雜於其間，以年齡而論，營伍中必無此等老耄之人，疑此兩人乃當日之竣工也。

第四消息：十七年九月十日，劉人瑞召集新聞記者三十餘人，發表查勘東陵之經過。劉曰：日前盜陵消息傳來，政府方面即成立接收東陵委員會，由內務、財政、農礦三部會同組織，委員共五人。於八月十日出發，前往東陵。陵之範圍約五百方里，在清室盛時，樹木繁茂，可稱人造森林。民國十三四五年間，為當地之窮旗人盜賣殆盡，殊屬可惜。諸陵在群山中，各專一壑，所謂普陀峪者，即孝欽西后之陵地也。余等初到時，見盜掘之口以亂石堵塞，未得入，攝影而還。越數日，清室遺族載澤、溥伒、耆齡、溥侗、寶熙及其師傅陳毅等，受廢帝溥儀之命，攜得現款五千元，往辦重殮之事。八月廿五日，載澤以汽車來相約。至則掘口已開，遂魚貫而下，深約五六丈，見地宮外層石壁下，穴一小口，方僅二尺許，乃蛇行而入，直達隧道；經過石門二重，有數人持燈引導，則見地宮正中石床上，一棺橫斜欹側，棺蓋拋離三丈外，孝欽屍體，裸臥於地宮西北隅，頭東腳西，膚革完好，髮黑而纏以紅絲，身上現出拳大斑痕數點，作青褐色，有白毛毿毿然，長約半寸，大約因透露空氣蒸霉所致。外槨劈毀，不成片段。宮門右側，堆積破碎之各色衣衾，石板上有殮鞋一雙，長七八寸，繡花工巧，唯色已暗淡，此即孝欽西后之珠履矣。越日重殮，尚拾得珍珠數十粒。載澤命椎碎而納諸棺中。早知漫藏可以誨盜，何至如是。

八月廿八日，查勘裕陵。裕陵者，高宗乾隆之陵也。碑樓高二十餘丈，下作穹窿，上建白石碑，題曰某皇帝之陵，鐫滿、蒙、漢三種文字。盜掘時，由影壁鑿開石板直下，炸毀地宮外門而入。掘後，天雨連綿，水從道口灌入，深約四尺，載澤等已用機器汲取數日，余等乃至，時積水尚有四五寸，乃赤足而入，歷石門四重，則見地宮正殿，懸煤氣燈一盞，煙霧充塞，中有棺六具，一帝一后四妃子，均破壞不堪，顛倒錯亂，白骨散擲於泥水中。重殮者唯以黃布裹頭顱六具，置於石桌上而已。情狀之淒慘，尤甚於普陀峪。噫嘻，孰謂此十全老人，歿後一百三十三年，乃罹此缺憾之遭遇也。

孝欽之死，至民國十七年，恰經二十寒暑，而顏貌如生。謂棺密漆厚，空氣不得侵，事理猶屬可能。唯發掘工作乃自五月十七至廿四，先掘普陀峪乃及裕陵，是則孝欽之棺，劈開當在五月二十前後，查勘者以八月廿五日至，相去三月有奇。何以際茲溽暑之時，屍體暴露於空氣中，歷九十餘日猶未腐化；可見二十年屍體之不朽，棺槨之隔絕空氣為一因，地宮之陰涼亦為一因也。

三十一、元祐黨人碑

蔡京所書之元祐黨人碑，乃宋徽宗崇寧三年立。其文曰：「皇帝即位之五年，旌別淑慝，明信賞刑，黜元祐害政之臣，靡有佚罰。乃命有司夷列罪狀，第其首惡與其附麗者以聞，得三百九人。皇帝命書而刻之石，置於文德殿門之東壁，永為萬世之臣戒。又詔京書之，將頒之天下。臣竊惟陛下聖神英武，遵制揚功，彰善癉惡，以紹先烈，臣敢不對揚休命，仰承階下孝弟繼述之志。司空尚書左僕射兼門下侍郎臣蔡京謹書。」

三百九人中，文臣之部，分為三級。曾仕執政官者二十七人，司馬光為首。曾仕待制官以上者四十九人，蘇軾為首。待制以下諸文臣共一百七十七人，秦觀為首。此外尚有武官二十五人，內官二十九人，宰臣王珪、章惇二人，共為三百九人。

計碑文所劃分之文官三級，其領袖人物曰司馬光、蘇軾、秦觀，三君皆以文章顯，姓名幾於婦孺皆知。非曰知其政績，知其文章也。豈文章真可以賈禍耶？容或有之。蓋文人大抵終日埋頭書卷，或放其精神以遨遊天外，對於人情世故，每不留意。若偶有一事衝動其靈明，輒援筆直書，不假思索。開罪於人，非所知也；可以賈禍，非所計也。迨禍機觸發，家室蒼皇，流離顛沛，自身亦

三十二、清之重用洪承疇

順治十六年六月庚寅，上諭內三院曰：「湖南、兩廣地方，雖漸底定；滇黔遠阻，尚未歸誠。朕將以文德綏遠，不欲動兵黜武；而遠人未諭朕心，時復蠢動。若全恃兵威，恐至玉石俱焚，非朕承天愛民之本意。必得宿望重臣，曉暢民情，練達治體者，假以便宜，相機撫勦，方可敉寧。朕遍察廷臣，無如大學士洪承疇者。洪承疇著特陞太傅，兼太子太師，內翰林，國史院大學士，兵部尚書，兼都察院右副都御史，經略湖廣、廣東、廣西、雲南、貴州等處地方，總督軍務，兼理糧餉。聽擇扼要處所駐扎，一應撫剿事宜，不從中制，事後報聞。務使近悅遠來，稱朕誕敷文備之至意。欽此。」讀此上諭，可見清廷之於洪承疇，真所謂放膽錄用，故洪承疇亦得以放膽做去。此真能深識大陸國民心理者。你以大方來，則我以加倍的大方相報，小眉小眼之舉動，實看不慣。洪承疇之五省經略府，設在長沙，吾未聞府中官制之有顧問也。試讀「一應勦撫事宜，不從中制，事後報聞」數語，實深得用人勿疑之至意，成敗之分，實攸於此。

然而此種策略，既獲顯著之成效，豈後人竟毫無覺察以至於措置乖方耶。是亦未必盡然。蓋知不知為一問題，知矣而能否實行又為一問題，行矣而能否得其似又別為一問題。三十年前曾有捐棄既得之權利，聲明留在當地用以興辦各種文化事業者，成績斐然，不減孟嘗之市義。其後固亦有踵而效之者矣，但結果非唯不討好，反更惹厭。此無他，亦曰民族性之不同而已。凡百事物，皆可摹倣，唯民族性則必非短期間之所能洗伐。性也者，於地理有關，氣候有關，且根於遺傳，根於歷史，其先民所造之自業與共業，不知種下若干萬億因，乃構成此特性以貽子孫。此實一種獨立文化之根荄，決非急就之所能仿造。噫，其機微矣。吾非教猱升水，蓋能升木之猱，無俟於教，而不能者，雖教亦無濟耳。此之謂性。

三十三、皇帝之成就各有所別

順治八年冬，清兵南下，永明王由榔走廣南。明年二月，孫可望遣兵迎王入安隆，宮室卑陋，服御粗惡，守護將悖逆無人臣禮。知府范應旭署其出納之簿曰：「皇帝一員，后妃幾口，支糧若干。」皇帝以「員」計，后妃以「口」計，吁，可傷已。

有力征經營之皇帝，有因人成事之皇帝，有欺人孤兒寡婦之皇帝，有受人豢養之皇帝。種類不一，天祿亦自應有別。甲種自是雄才大略，絕世英姿。乙種亦不失為手腕靈敏，能養望於平時。丙種雖屬巧取豪奪，然猶是憑本身能力，自成事業。至於丁種則只是蛀米之蟲，無足比數。然而氣運乃最長，至今猶有行市。吾真欲得讀司出納者之簿記作何種謂也。想不以「員」計或當以「枚」計矣。

三十四、箋註非易事

順帝陽嘉四年二月丙子，「初聽中官得以養子襲爵。」此《通鑑》原文也。胡註曰，「曹操階之，遂移漢祚，其所由來者漸矣。」案：漢桓帝時，曹騰為中常侍大長秋，養子嵩，或曰，夏侯氏子也，未得其詳。嵩生操，家於沛。由此言之，則中官者騰也，嵩乃騰之養子而非中官，操乃嵩之親子而非養子。胡氏此註，易令人發生兩種誤解：一，能使人誤以曹嵩為中官，二，能使人誤以操為嵩之養子。學者之所以為古人作箋註者何哉，蓋以著述者有時行文避枝蔓，或簡要乃稱其體裁，在所常有。好學深思之士，每於讀書得閒時，遇事載筆，引而申之，義晦則顯之，為後世學者節省翻檢之勞，而同時又須無失古人立論之意旨。是故箋註，實對於著者與讀者負兩重責任，非易事也。胡氏此條之註，似有所未周焉。

三十五、穿鑿附會之說

穿鑿附會之學問，勢必至於人持一說，莫衷一是。蓋既曰附會，則不必根據事實，皆可以持之有故，言之成理。即如「三老」、「五更」，乃漢代朝廷敬老之專門名詞。宋均曰：「知天、地、人三才之老者謂之三老，明乎五行之更代謂之五更。」鄭康成曰：「老者乃年老之謂，更者乃更事之謂，三與五，則取象於三辰五星，天之所以照臨下土也。」如此立論，誰得以判其是非曲直者。但二說相去，各風馬牛之不相及，而經師曰：「此各明一義也。宜兩存之。」其然，豈其然乎。

三十六、竇憲以外戚而佩大將軍

外戚乃君主政治之特產，其勢力每能使國政起大波瀾。蓋此輩之所憑藉，非妃即后，或則皇太后；其人率皆能紮帝者之心情而左右之，宜乎外戚之恣無忌憚也。外戚之地位與環境既若此，自非聖賢，驕奢誠不足責，顧吾所欲論列者唯竇憲一人耳。竇憲以外戚而佩大將軍印，事功之所被，影響非只限於當時，而於全民族且有重大關係，是則不容忽略者矣。試將竇憲之功罪錄列如次，庶幾是非得以大明。

竇憲之家世　建初二年，帝納竇勳女為貴人，有寵。三年，立貴人竇氏為皇后。先是，明德太后為帝納扶風宋、楊之二女為貴人，大貴人生太子慶。同時梁悚亦有二女為貴人，小貴人生王子肇。竇皇后無子，七年，養肇為己子而以計陷宋貴人。夏六月，廢太子慶為清河王，以肇為皇太子，出宋貴人姊妹置丙舍，皆飲藥自殺。八年，復計陷梁悚死獄中，梁貴人姊妹以憂死。同年，竇皇后兄憲為侍中虎賁中郎將，弟篤為黃門侍郎。章和二年，章帝崩，太子肇即位，是為和帝，竇太后臨朝。憲以侍中內干機密，出宣誥命。弟篤為虎賁中郎將，篤弟景，瓌，並為中常侍。

竇憲之驕縱　建初八年冬，憲奪沁水公主田園，公主乃明帝女，帝之姊也。帝怒，切責憲，使還公主田。章帝既崩，齊殤王石之子都鄉侯暢，來弔國憂，太后數召見，暢乃光武兄縯之曾孫，章帝之猶子也。憲懼暢分宮省之權，遣客刺殺暢於屯衛中，而歸罪於暢弟利侯剛。太尉何敞按之，得實。太后怒，閉憲於內宮，憲懼誅，因自求擊匈奴以贖死。

竇憲之功業　章和二年，北匈奴饑饉，降於南郡者歲以數千計。秋七月，南單于上言，宜及北虜不寧，出兵討伐。太后以書示執金吾耿秉，秉上言：昔武帝欲臣虜匈奴，未遇天時，無所成就；今幸遭天授，以夷伐夷，誠國家之利也，宜可聽許。冬十月，以憲為車騎將軍，北伐匈奴，使耿秉為之副。發北軍五校、黎陽、雍營、沿邊十二郡騎士及羌胡兵出塞。和帝永元元年夏六月，竇憲、耿秉出朔方雞鹿塞，南單于出滿夷谷，度遼將軍鄧鴻出稒陽塞，會師涿邪山。憲分遣副校尉閻盤、司馬耿夔、耿譚將南匈奴精騎萬餘，與北單于戰於稽洛山，大破之。單于遁走，追擊諸部，遂臨私渠北鞮海，斬名王以下萬三千級，獲生口甚眾，雜畜百餘萬頭。諸裨小王率眾降者前後八十一部，二十餘萬人。憲、秉逐北三千餘里，登燕然山，命中護軍班固刻石勒功，紀漢威德而還。九月，以竇憲為大將軍，封武陽侯，食邑二萬戶，位次太傅下，三公上。封耿秉為美陽侯。二年春，竇憲遣副校尉閻礱，將二千餘騎，掩擊北匈奴之屯守西域伊吾者，復取其地。車師震慴，前後王各遣子入侍。六月，詔封憲為冠軍侯，篤為郾侯，瓌為夏陽侯，憲獨辭不受封。七月，竇憲出屯涼州。冬十月，南單于復上書請滅北庭，憲遣左谷蠡王師子等將左右部八千騎出雞鹿塞，中郎將耿譚遣從事將護之，襲擊北單于，夜圍之，北單于被創，僅以身免，獲閼氏及男女五人，斬首八千級，生虜數千口。三年二月，憲遣左校尉耿夔，司馬任尚，出居延塞，圍北單于於金微山，大破之，獲其母閼氏，斬名王已下五千餘級，北單于逃走，不知所終。出塞五千餘里而還，自漢出師北征以來所未嘗至也。封夔為粟邑侯。

北單于既亡，其弟右谷蠡王於除鞬自立為單于，將眾數千人止蒲類海，遣使款塞。竇憲請遣使立於除鞬為單于，置中郎將領護，如南單于故事。帝從之，南北兩匈奴遂以平。後三年，班超發龜茲，鄯善等八國兵合七萬餘人討焉耆，兵臨其城下，誘斬焉耆王，傳首京師，更立左侯元孟為焉耆王。於是西域五十餘國悉納質內屬，至於海濱。四萬里外，皆重譯貢獻。

匈奴之形勢及當日廷臣之無識　匈奴乃北方民族，逐水草而居，無一定之居處，亦無一定之名。在商周間曰鬼方，曰昆夷，曰獯鬻；周季曰玁允，春秋之世曰戎，曰狄；戰國曰胡，曰匈奴。匈奴之名，實始見於戰國。地勢居高臨下，與西域成犄角之勢，屢犯中原。是以武帝東伐朝鮮曰斷匈奴左臂：西伐大宛則曰斷匈奴右臂。則其形勢可知矣。班固論曰：「孝武之世，圖制匈奴，患其兼從西國，結黨南羌」，即此意也。迨宣帝五鳳元年，而匈奴乃有五單于爭立之事。即屠耆、呼韓邪、呼揭、車犁、烏藉是也。單于者，譯言曰大，乃大君之意。自是彼族內亂不已，邊境得以略寧。建武二十四年，匈奴裂為南北二國，南單于乃日逐王比，北單于則蒲奴也。班超以明帝永平十六年出征西域，歷二十餘載，雖先後平定數十國，唯焉耆負固，北結匈奴，倉卒不能下。迨竇憲既定匈奴之第三年，即永元六年，而西域之功乃竟。平匈奴與定西域，乃國史上之兩大事，為我中華民族立萬年不拔之基，豈曰小補哉。而當日廷臣，優柔泄沓，得過且過，曾無遠略。當章和二年，南單于請伐北庭時，尚書宋意上書諫阻，以為一任南北匈奴互相猜忌，乃中國之利，不宜徇南以伐北。幸朝廷從耿秉議，不然，豈不坐失良機已乎。又永元元年，竇憲將出兵時，三公九卿，詣朝堂上書諫阻。以為匈奴不犯邊塞，而無故勞師遠涉，損費國用，徼功萬里，非社稷之計。書連上輒寢。而袁安、任隗二人，書且十上。侍御史魯恭上疏曰：「夫戎狄者四方之異氣，與鳥獸無別，若雜居中國，則錯亂天氣，污辱善人；是以聖王之制，羈縻不絕而已。陛下奈何以一人之計，棄萬人之命。」此種議論，豈謀國重臣之遠猷乎？吁，可羞也已。同時尚書令韓稜，騎都尉朱暉，議郎京兆樂恢，皆上疏諫，太后不聽。又北單于既亡，其弟右谷蠡王於除鞬自立為單于，竇憲以為莫若因而立之，置中郎將領護，如南單于故事。事下公卿議。袁安上封事曰：「舍其舊而更立新降，非計也。且漢故事，供給南單于費值，歲一億九千餘萬，西域，歲七千四百八十萬，今北庭彌遠，其費當倍，是乃空盡天下，而非建策之要也。」詔下其議。安與憲更相折難，上卒從憲策。

結論　匈奴與西域狼狽相依，使我邊陲常多事。秦漢之交，中國甫成統一之大業，宜乎可以安內攘外矣，而匈奴亦適於是時挺生一冒頓；所謂道高一尺魔高一丈者，非耶。燕然勒石，為國史光。謳歌直至今日猶不絕於文士之筆。當勒石時，廷臣又不議伐匈奴之非計矣。北匈奴駐兵屯守西域之伊吾，稽洛山之捷，竇憲以餘勇覆之，而車師乃降。西域五十餘國，最後平定者厥為車師與焉耆，車師既下，班超遂一鼓而下焉耆矣。永元二年，竇憲之出屯涼州，豈偶然哉。要而論之，稽洛山一役而匈奴喪膽，金微山一役而匈奴與西域，遂為中國之藩。班超以二十餘年之長時期欲竟未竟之功，今乃竟之。觀於竇憲因於除鞬之自立而立之，置中郎領護，用收羈縻控馭之效；此正英法馭印、緬、安南之政略也。竇憲夐乎遠矣。

三十七、「四姓小侯」之名

永平九年，為樊、郭、陰、馬諸外戚子弟立學於南宮，號「四姓小侯。」置五經師，搜選高能以授其業。樊乃光武之母族，郭與陰乃光武先後兩皇后，馬則明帝之后也。

先是南頓令劉欽，娶南陽樊重女，生三子，曰縯，曰仲，曰秀。重子宏，隨縯兄弟起兵舂陵，官至光祿大夫，封壽張侯。

更始二年，真定王楊擁兵十餘萬，欲附王郎。秀遣劉植說楊，降之。秀因留真定，納楊甥郭氏為夫人以結之。建武二年，立郭貴人為皇后，子彊為皇太子。

初，秀從更始在宛，納新野陰氏之女麗華。建武元年，迎麗華至洛陽，冊為貴人。二年，帝以陰貴人雅性寬仁，欲立以為后。貴人以郭貴人有子，終不肯當。十七年，郭后寵衰，數懷怨懟，上怒。冬十月，廢皇后郭氏，立貴人陰氏為皇后。十九年，太子彊意不自安，辭位。乃以陰后之子陽為皇太子，改名莊，是為明帝。

永平三年，立馬援之女馬貴人為皇后，承陰太后之意旨也。貴人出身名門，進退有節，深得陰后愛，最稱賢淑。后無子，撫姨母女賈貴人之子炟為己子，是為章帝。此即四姓之家世矣。

「四姓小侯」之名，直至質帝朝梁冀秉政時尚存在。然恐已新陳代謝，殆以梁氏入四姓矣。

三十八、五銖錢通行最久

中國以銅為幣，其制甚古。《史記・平準書》：「太史公曰，農工商交易之路通，而龜貝、金錢、刀布之幣興焉，所從來遠，自高辛氏以前尚矣，靡得而記云。」太史公以為靡得而記，則亦無從稽考矣。按今所留傳之殷代銅幣，咸象物以為形，有如刀如盾者。至於圜法，則《漢書・食貨志》謂「太公為周立九府圜法」，當是圓形貨幣之始。秦因周制，鑄半兩錢，徑寸二分，重十二銖。行至漢初，呂后乃改為八銖，文帝又改為四銖，仍與半兩並行。武帝元狩四年，鑄三銖。五年，乃罷半兩而鑄五銖。《平準書》曰：「五銖周郭其下，令不可磨取鋊焉」，則圜法制度之謹嚴，直同近世矣，計幣制單位之輕重，與國民生計程度有密切關係，過輕固不可，過重亦無取焉。是以半兩及三銖、四銖皆不適於用，唯五銖得繼續至隋開皇，凡七百四十年。雖則中道屢多變遷，但每至承平，便即規復，斯可知矣。

溯自元狩以後，五銖順行一百二十五年，至王莽居攝二年，乃鑄刀錢二品，大錢一品，與五銖並行，而幣制以亂。始建國元年，罷五銖及刀錢，更作小錢一品，徑六分，重一銖。二年，復制定錢貨六品，分金、銀、銅、龜、貝、布，錢法愈亂，至不可收拾，雖嚴刑以處，仍不可維。光武中興，於建武十六年，馬援奏復五銖，民皆利之，又順利一百五十年，迨獻帝初平元年，董卓復壞五

三十九、榮膺九錫又如何？

自古權奸之欺人孤兒婦者每多經過榮加九錫之節目。九錫者何，劭曰：「九錫云者，一曰車馬、二曰衣服、三曰樂器、四曰朱戶、五曰納陛、六曰虎賁、七曰鐵鉞、八曰弓矢、和曰秬鬯。」此種不倫不類之物品，所值幾何，而隆重乃若此。宋均為之注曰：「進退有節，行步有度，賜之車馬以代其步；言成文章，行成法則，賜之衣服以彰其德；長於教訓，內懷至仁，賜之樂器以化其民；居處修整，房內不渫，賜之朱戶以明其別；動作有禮，賜之納陛以安其體；勇猛勁疾，執義堅強，賜之虎賁以備非常；亢揚威武，志在宿衛，賜之斧鉞使得專殺；內懷仁德，執義不傾，賜之弓矢使得專征；孝慈父母，賜之秬鬯以事先祖。」誠如是，則榮膺九錫者不愧完人，但事實果何如哉？

建武十三年，封鄧禹為高密侯，李通為固始侯，賈復為膠東侯，功臣之為列侯者唯此三人而已。時鄧禹、賈復知帝欲修文德，不願功臣擁兵，乃去甲兵，敦儒學。耿弇等亦相率上大將軍印綬。東漢功臣之所以得全，一則因帝者不濫封，一則因臣下之自解兵柄，蓋上下均以西漢為炯戒矣。創業之主，於事定功成之後輒殺戮功臣，幾成歷史上之慣例，推原其故，雖因果複雜，但鉤稽而歸納之，不外兩途：一則由於帝者之嫉妒。回憶自己之所以有今日，實深得某某人之力為多，彼之戰功如此其偉大，謀略如此其深沈，若一旦反側，自問己之能力誠不足以制之，不如去之便。一則由於功臣之不平。回憶發難之始，彼此同崛起於草莽中，當日之無賴粗率情態，歷歷在目。今何故彼則高坐堂皇，而我則北面俯伏。復次，於論功行賞之時，無論若何公正明察，總不能一一如人意，蓋自以為功高第一，乃人之恆情，凡有相當能力之人，必不甘居人下也。由前之說，此韓信、彭越之所以功成而受戮也。由後之說，此彭寵、隗囂之所以中途攜貳而終於滅亡也。

光武中元元年，起明堂、靈臺、辟雍。二年十月，上幸辟雍，初行養老禮，以李躬為三老，桓榮為五更，以安車迎至太學，天子迓於門。鄭康成曰：「三老、五更乃年老更事而致仕者，天子以父兄養之，所以示天下以孝弟之道也。名以三、五者，取象三辰、五星之義，此天之所以照臨下士者也。」東漢崇尚儒術，定孔子於一尊，是以建武、永平之治，光照史乘。儒家道術乃人生哲學，非唯物亦非唯心，其組織乃以家族為國家單位，與個人本位大異其趨，故最重報施。養老亦報施精神之一種也。老何可敬，蓋以其人之學問、事功曾致力於人群社會，使來者咸受其賜，是則可敬也。老吾老以及人之老，此種差等之愛即倫理之所由立，光武以敬老率天下，實深得儒學之旨。

光武與公孫述苦戰十年，最後而來歙、岑彭兩大將皆以夤夜在軍中死於刺客之手，可云不幸。建武十一年六月，帝使來歙與蓋延攻述，乘勝深入蜀地，述使人刺歙。未殊，馳召蓋延，延見歙，伏地悲不能仰視，歙叱之曰：「余以所志未竟，為人所中，呼子以軍事相屬，乃效兒女子涕泣耶。」延收涕強起受誡。歙復自書表，薦太中大夫段襄骨鯁可任，投筆抽刃而絕。此情此景，千載下讀之，猶凜凜有生氣焉。試思剸刃於體，中要害，尚能從容以軍事付託於人，更自書表薦賢，然後投筆抽刃，隨即氣絕，計自受傷以至於氣絕，所經過之時間自不少。受重傷，中要害，尚能從容

四十、隋煬帝矛盾性極大

「君主萬能」一語，實寓意於貶而非褒也。心之所欲，只以一紙命令驅其民而役之，不顧一切，則何事不可為。今世界上所遺留重大工程之痕跡如中國之長城、埃及之金字塔等，非帝者之力，孰能致之，誠哉其萬能也。隋煬帝乃昏憒之主，治術了無足道，唯於工程上之成績則大有可紀者焉。大業元年三月，發河南、淮北諸郡民前後百餘萬開通濟渠，自西苑引穀、洛水達於河，復自板渚引河歷滎陽入汴，又自大梁之東引汴水入泗達於淮。又發淮南民十餘萬開邗溝，自山陽至陽子入江。渠廣四十步，渠旁皆築御道，樹以柳，自長安至江都，置離宮四十餘所。大業二年十月，置洛口倉於鞏東南原上。築倉城，周回二十餘里，穿三千窖，窖容八千石；十二月置回洛倉於洛陽北七里，倉城周回十里，穿三百窖。大業三年六月，開榆林御道，發榆林北境，東達於薊，長三千里，廣百步。同年七月，詔發丁男百餘萬築長城，西拒榆林，東至朔州之紫河。同年八月，帝上太行，開直道九十里。大業四年正月，詔發河北諸軍百餘萬，穿永濟渠，引沁水南達於河，北通涿郡。丁男不供，始役婦人。大業六年十二月，敕穿江南河，自京口至餘杭，八百餘里，廣十餘丈。凡此種種，秦皇之後，一人而已。

又煬帝雖粗獷無道，然好讀書，且多著述，自開皇十年為揚州總管時，即置王府學士百餘人，常令修撰，以至為帝，前後近二十載，修撰未嘗或輟，自經術、文章、兵農、地理、醫卜、釋道乃至蒱博、鷹狗，皆為新書，無不精洽，共成三十一部，萬七千餘卷。初，西京嘉則殿有書三十七萬卷，帝命祕書監柳顧言等詮次，除其複重猥雜，得正御本三萬七千餘卷，納於東都修文殿。又寫副本五十，簡為三品，分置西京、東都宮省官府。其正書皆裝翦華淨，寶軸錦標，於觀文殿前為書室十四間，窗戶、床褥、廚幔咸極珍麗。每三間開方戶，垂錦幔，上有二飛仙，戶外地中施機發。帝幸書室，有宮人執香爐前行，踐機則飛仙下收幔而上，戶扉及廚扉皆自啟，帝出則垂閉如故。考活版印刷術始自北宋真宗時，於第七世紀初年，而有此等圖書館，殊可驚歎。雖則此乃內廷藏書，非後世公開閱覽者可比，然在印刷術未發明之先，書籍只有寫本，未能公開也固宜。人類原多矛盾性，但矛盾性之大，莫煬帝若矣。薛道衡之「空梁落燕泥」，王胄之「庭草無人隨意綠」，亦此種矛盾性之結果而已。

四十一、性善之說不能無疑

唐高祖武德元年九月，李密開洛口倉散米，無防守典當者，又無文券，取之者隨意多少，或離倉之後，力不能致，委棄路衢，自倉城至郭門，米厚數寸，為車馬所轥踐。群盜來就食者並家屬近百萬口，無甕盎，織荊筐淘米，洛水十里，兩岸之間望之如白沙。讀此可見洛口倉氣象之偉大。考倉庫之制，淵源甚古，當劉項戰爭時，漢軍滎陽，築甬道就食敖倉粟。案敖倉在敖，位滎陽西，東北臨汴水，南帶三皇山，秦時置倉於敖山，名太倉，亦曰敖倉。是則此制起自春秋戰國時矣。其作用在於平時可以防饑饉，戰時可以賫軍糧，故亦曰太平倉。

武德二年正月，朱粲卒眾二十萬，剽掠漢淮間。會軍中乏食，乃教士卒烹婦人嬰兒中噉之，曰：「肉之美者無過於人，但使他國有人，何憂於餒？」顏之推之子愍楚，讁官在南陽，粲初引為賓客，後會乏食，闔家盡為所噉。同年四月，散騎常侍段確，性嗜酒，奉詔慰勞朱粲於菊潭，確乘醉侮粲曰：「聞卿好噉人，肉作何味？」粲曰：「噉醉人正如糟藏彘肉。」確怒，罵之，粲遂收確及從者數十人，悉烹之以噉左右，屠菊潭，奔投王世充。由此觀之，則孟子之言性善，不能無疑。

四十二、違反教義之誥令

貞觀五年正月，詔僧尼道士仍須致拜父母。高宗顯慶二年十二月，詔自今僧尼不得受父母及尊者禮拜，所司明定法制禁斷。龍朔二年六月，令僧尼道士女官致敬父母。三令五申，特注意於此事，斯亦宗教史上一種有意味之誥令也。釋迦以為眾生一切苦惱在乎有家，蓋人類乃有情動物，而最能使人繫戀者厥為夫婦及親子之情，故欲破除煩惱非用出世法不可，其哲學以此為出發點，其教義以此為依據。可行與否別為一問題，但佛法設教之精神固如是也。太宗及高宗之誥令，既不禁彼宗之推行而但違反其教義，此亦唯富於「中庸性」之民族乃能有此，亦唯不求其解之帝王乃能出此。雖則事難兩全，顧於此即失於彼，但不應既允許其推行而又強制變易其教義耳。南海先生有見於此，故其大同學之組織務使人無家可出。能行與否別為一問題，但較於唐太宗等之辦法為徹底矣。以軀體衍化為教義之儒術，對於出家問題最為衝突，然而佛教之入中國，不獨為學者所接受，且更發揚而光大之，此釋迦之所以為偉大歟。

四十三、賜姓以愛惡

唐末宦官典兵者，多養軍中壯士為子以自強，由是諸將爭效之。蜀王建有假子百二十人，皆有功勳者，雖冒姓連名而不禁婚姻，亦怪象也。如宗懿等十一人皆曰建子，而集王宗翰、夔王宗範等實異姓之假子。此種怪思異想，其源實出於帝者之賜姓。如項王既歿，射陽侯項伯、桃侯項襄、平泉侯項佗等，高帝皆賜姓曰劉。又如唐代之徐世勣、劉季真、杜伏威、高開道、胡大恩、郭子和等皆賜姓曰李。宋代之趙亦復如是。己之所愛則賜以同姓，所惡則以意義不佳之字易其姓。如隋煬帝既殺楊積善，更其姓曰梟，斯亦帝者之一種下流思想矣。

四十四、以德化人

武德九年七月，唐臨出為萬泉丞，縣有繫囚十許人，會春雨，臨縱之使歸耕種，皆如期而返。又貞觀六年十二月辛未，帝親錄繫囚，見應死者，憫之，縱使歸家，期以來秋來就死，復敕天下死囚皆縱遣，使至期來詣京師。翌年秋九月，去歲所縱天下死囚凡三百九十人，無人督率，皆如期自詣朝堂，無一人亡匿者，上皆赦之。此等類似之記載，歷代間出，謂為不實，恐不能太過武斷。既不得反證，毋寧信之。自非「導之以德，齊之以禮」之民族，必不能有此等事實。即退一步而謂為理想之譚，亦非「導之以德，齊之以禮」之民族必不能發生此種理想。求諸西洋歷史，何嘗有之。

貞觀二十三年五月，太宗崩，高宗即位，時唐臨為大理卿。冬十月乙亥，上問繫囚之數，對曰，見囚五十餘人，唯二人應死。上悅。上嘗錄係囚，前卿所處者號呼稱冤，臨所處者獨無言。上怪問其故，囚曰，唐公所處，本自無冤。上歎息良久曰，治獄者不當如是耶。此條可與前條相印證，即齊之以刑，亦須齊之者之有德耳。又可見太宗之所縱，諸囚之如期而返者尚或出於取巧以投合心理，知其必赦。若唐臨之所縱，則真以德化人而令其必歸也。

四十五、《史記》前後文有異

《史記‧高帝本紀》漢軍敗於彭城，「項王取漢王父母妻子於沛，置之軍中以為質。」《漢書》則言取太公、呂后而不言父母妻子。趙甌北《二十二史箚記》以為《漢書》誤。其言曰：「高帝生母雖於起兵時死於小黃城，但楚元王為高祖異母弟，則高祖尚有庶母也。又孝惠帝尚有庶兄肥，後封魯為悼惠王。當高祖道遇孝惠時，與孝惠偕行者但有魯元公主，則悼惠未偕可行知，既未與偕，則必在羽軍中可知。（案此語未免武斷）。故《史記》所謂父母妻子，乃無一字虛設，而《漢書》改為太公呂后，轉疏漏矣。」案《漢書》並未改《史記》，乃據《史記》之〈項羽本記〉，該篇記載，正與《漢書》同。其文曰：「漢王從數十騎遁走，欲過沛，收家室而西，楚亦使人追之沛，取漢王家，家皆亡，不與漢王相見。漢王道逢得孝惠、魯元，以其累墜，屢棄之，得滕公救護，乃載行。求太公、呂后，不相遇。審食其從太公、呂后間行，求漢王，反遇楚軍，楚軍遂與歸，報項王，項王常置軍中。」據此一段記載，楚軍從審食其手上獲得太公、呂后，最為明顯，未嘗言父母妻子，悉與《漢書》同。但下文則又曰：「項王乃與漢約，中分天下，割鴻溝以西者為漢，鴻溝而東者為楚。項王許之，即歸漢王父母妻子。」此則與〈高帝本紀〉同。要之《史記》之文，前後各異者不一而足，未得遽云《漢書》之疏漏也。

四十六、寺、庵、觀、廟、祠各有區別

世俗以十二月初八為佛生日，是曰臘八，北方之大節也，南方則平平而已。考釋迦滅度，在西曆紀元前四百八十五年之七月十五日，此乃據齊永明七年僧伽跋陀羅在廣州竹林寺將佛弟子優波離之「眾聖點記」譯成中土文字，上追而得佛滅度之年，當最可信。所謂「眾聖點記」者，乃佛入涅槃後，其弟子優波離即時結集眾聖，編成一部《善見律》，隨在貝葉末篇之空隙記一點以為識。年年如是，代代相傳。至六朝時《善見律》之貝葉原本由僧伽跋陀羅攜至中國，其年之七月十五日記最後之一點，數之得九百七十五點，循此上推，知佛入涅槃當在周敬王三十五年，即西曆紀元前四百八十五年，先於孔子之歿六年。至於生年月日，則無確實記載，所謂十二月初八云者，亦只是世俗相傳而已。

「招提」乃梵音，其義是十方僧院之意。《唐會要》云，凡敕書題額或官賜榜書之梵宇曰寺，其民間私立者則曰招提，曰蘭若。《唐六典》云，煬帝改佛寺為道場，道觀為元壇。可見寺之名稱有非可輕用者矣。南方之通俗名稱則有類別。僧院曰寺，女尼之院宇曰庵，道士院曰觀，其他一切雜祀曰廟，祖先陳主之所曰祠。寺、庵、觀、廟、祠五名詞，釐然不相蒙混。唯北方之鄉民對於此五者之稱謂，曾無區別，概以一廟字稱之，太簡單矣。

四十七、唐玄宗仁且智

安史之亂，哥舒翰屯重兵二十萬於潼關，言於上曰：「賊遠來，利在速戰；官軍據險以扼，利在堅守。」同時郭子儀、李光弼亦言請引兵北取范陽，覆其巢穴，質賊黨妻孥以招之，賊必內潰；潼關大軍，唯應固守以弊之，不可輕出。三人所見皆同，實策之上者也。豈圖楊國忠以翰為遲留失機，屢加督責，中使往還，項背相望。翰不得已，撫膺慟哭，引兵出關，遂以大敗。此一事也。又憲部侍郎房琯，自請討賊，得邀允許，乃分所部為三，南軍自宜壽，中軍自武功，北軍自奉天。中、北兩軍遇敵於陳陶，大敗。琯入南軍，猶欲持重，而中使邢延恩促戰甚急，遂再敗於青阪，全軍覆滅。此又一事也。計潼關與陳陶兩役，其失皆在於中使促戰。女子小人之難養，聖人猶且畏之，況以小人而兼女子之宦豎哉？

至德元載五月玄宗幸蜀，與宮眷出延秋門，道過左藏，楊國忠請焚之，曰「毋以資敵」。上愀然曰：「賊來不得，必更歛於百姓，不如與之，毋重困吾赤子。」吁，何其仁也。至德二載十一月，上皇迴駕，扈從之兵六百餘人，行至鳳翔，聞肅宗已發精騎三千相迓，乃即命悉以從衛之甲兵輸郡庫。吁，何其智也。父子之間且如此，世有功成而不即速自請解除兵柄者，其遭烹也亦宜。仁且智，吾於唐玄宗見之矣。

兩京既復，肅宗語李泌曰：「朕已表請上皇東歸，朕當還東宮復修臣子之職。」泌曰：「表可追乎？」曰：「已遠矣。」泌曰：「上皇不來矣。」上驚，問故，泌曰：「理勢自然」。上曰：「為之奈何」？泌曰：「請更為群臣賀表，並言聖上思戀晨昏，請速還京以就孝養則可矣。」上即令泌草表，續使馳遞。及前使既還，傳上皇誥曰：「當與我劍南一道自奉，不復來矣。」後使至，言上皇見群臣表乃大喜，即傳食作樂，下誥定行期。由此觀之，唯李泌乃能知玄宗。然而李泌建策後，即飄然遠引，亦唯李泌乃能干預他人之家庭事。觀於「臣遇陛下太早」一語為不可留之主因，李泌之心亦良苦矣。

四十八、借外力以平安史之難

唐末藩鎮之禍，肅宗啟之而代宗成之。廣德元年，史朝義既為李懷仙所誅，賊勢大殺。僕固懷恩唯恐賊平寵衰，乃奏留李懷仙等數人為河北諸鎮節度使，藉為黨援。時朝廷亦有厭亂之心，倖冀無事，因而授之。永秦元年七月，承德節度使李寶臣、魏博節度使田承嗣、相衛節度使薛嵩、盧龍節度使李懷仙，廣收安史餘黨，各擁勁卒數萬，完城郭，整師旅，自署文武將吏，不供貢賦。朝廷則威令不行，唯事姑息，而禍患以成。至德初年，房琯原欲行強幹弱枝之策，建分鎮討賊之議，肅宗不察，竟受讒而貶琯，致貽養癰，甚矣，明主之可貴也。

肅宗借回紇、吐蕃之助以靖安史之難，致廣德、永泰間，長安一再淪陷，代宗幸陝。稽諸史乘，藉外力以平內亂者鮮有不亡，苟無郭李，恐靖康之禍，早見於當時矣。

四十九、司馬遷之材料多實地調查而來

考據家之學問工作有所謂「追娘家，」如甲乙兩說或兩種以上之記載互有出入時，則須追求各人所根據資料之來歷。資料估價之方法約有三種：一曰時間，二曰空間，三曰人事。如記載者與本事之發生同時，自然比後人補記者為有力；若記載者所在地與本事之產生同地，自然比遠道傳聞者為有力；若記載者與當事人有特殊關係，自然比查不相涉者為有力；此一定之方法，而做學問之態度亦應如是也。《漢書》載項王取太公、呂后於沛而不言父母妻子，《漢書》之娘家自是《史記》，而《史記》中則又兩說兼有。〈項羽本紀〉則云太公、呂后，而〈高帝本紀〉則云父母妻子。惜《史記》之娘家不易追，故此事竟成懸案矣。〈史記・淮陰侯列傳〉之論贊，擘頭第一句曰，「余如淮陰，淮陰人為余言」，可見太史公所根據之資料多從實地調查得來，則娘家愈不可得矣。

五十、丹書鐵券不足憑

漢高祖封功臣為列侯者凡百四十有三人，其封爵之誓書銘諸鐵券，文曰：「使黃河如帶，泰山若礪，國以永存，爰及苗裔。」真可謂申誓旦旦者矣。既申之以丹書之信，又重之以白馬之盟，受封者亦何嘗不作萬世之業想。乃不及百年，至武帝初葉，百四十三人中，能保有其國者只餘四人，即酇侯蕭壽成、繆侯酈世宗、汾陽侯靳石封、睢陽侯張昌是也。太初三年，張昌坐為太常乏祠，國除。所餘者只三人而已。其間以無子國除者有之，以子孫驕逸抵法禁而隕身失國者有之，而以雄主蓄意削藩故入人罪者佔大多數。功狗之歎，千古如一，斯亦可哀也已。

漢初賜予功臣之鐵券，雖或不旋踵而身戮國除，子孫絕滅；然而氣象大方，文辭冠冕，不失為帝者口吻。至於明朝，則不逮矣。成化間，憲宗賜朱永一鐵券，其銘曰：「除謀逆不宥外，其餘雜犯死罪，本身免死二，初犯削祿之半，再犯全削；子免死一次，祿米全不支給。」此豈君人者之所應出耶，直獎勵犯罪而已。「其餘雜犯死罪」一語，豈復成文，何者為「雜犯之死罪」，何者曰「其餘」，直是明令特許，准以無惡不作而已。以爵祿酬勳勞，猶可言也，若以他人之生命財產或自由，供豪右之蹂躪，用作酬庸，寧非笑話。既云死罪，則受害者之情實可知矣。法律何等尊嚴，豈容兒戲，況復一而再，再而三耶。此真千古之虐政，而國史之恥辱者矣。

五十一、師古與泥古

墨、劓、剕、宮、大辟是曰五刑，除大辟外自餘尚可偷生，然肢體則已殘矣。是曰肉刑。漢文帝在位之十三年，下令除肉刑，以笞易劓、剕。應劓者改笞三百，應斷左趾者改笞五百，而受笞多死。迨景帝即位又復有減刑之事，中六年，定箠令，應笞三百者箠二百，笞二百者箠一百，受者乃賴以得全。後之論史者多議文帝變古之非，謂刑減而死者愈眾，輕猶重也。即賢如班固，亦曰文帝外有輕刑之名，內實有殺人之意，深文周納，未免過當。笞而死，乃執刑者之失，豈可以罪文帝，君子論世，原心而已。

考我國史乘，凡有變更古法者輒遭抨擊，自天子以至庶人，貴賤一也。不變則已，變則難逃斯例，此亦我民族性之特異者矣。積弱之源，於斯為烈，如不然者，荊公何至受謗哉？使荊公得行其道，則一部宋史之面目必不如此，可斷言也。師古雖為經驗之累積法，凡一種文化之所以成立，實利賴之，無可諱言；然而師古則可，泥古則不可矣。萬世不變之道，師之可也。但時代變遷，頃刻不留，潮流之與環境，常相摩盪，無有已時，若應付不敏，則弊害立見。自強不息之謂何，君子其知之矣。時聖之孔子，何嘗教人泥古哉。

復次，余之所謂笞而死乃執刑者之失，此言並非武斷。中六年景帝詔定箠令時，丞相御史大夫劉舍等之說帖曰：「當笞者笞臀，一罪毋得更人。」如淳註曰，然則先時笞背也。師古曰，毋得更人，謂行刑不更易人也。試思不擇地而笞，數十笞即可以傷命，況三百五百耶。又執刑者且筋疲力竭，乃再易一生力者以行之，周而復始，人非木石，不死何待，此豈文帝之本意哉。景帝詔曰：「笞者所以教之也。」只鞭撻以教之而已。可見文帝之定笞法，實師三代朴作教刑之本意，譏以變古，不亦誣乎。要之笞所以代劓、剕也，鼻之有無，一望可知，執刑者絕無可以作弊之機。至於笞則不然，財可通神，輕重由之，監刑官無如之何也。況萬幾之帝者乎。

五十二、制度愈趨謹嚴，禮法愈趨虛偽

史載公孫淵遣使奉表稱臣於吳，吳主悅，為之大赦，且賞賜過當。張昭諫不聽，忿而辭疾。吳主恨之，以土塞其門，昭復於內以土自封之。既而淵戮吳使以叛，果如昭言，吳主數遣人慰謝張昭，昭固不起，吳主因出過其門呼昭，昭辭疾篤，吳主燒其門，欲以恐之，昭仍不出，吳主使人滅火，守立於門外，昭諸子共扶昭起，吳主載以還宮，深自克責，昭不得已，然後朝會。此一段記載，有類小兒女以細故起釁，背面不相理，唯見天真；又如李逵請客，動作粗豪，唯見率直。凡此皆為唐宋以後，君臣之間，不獲再見者矣。

蓋君主政治，運用愈趨圓滿，則制度愈趨謹嚴，禮法愈趨虛偽，而上下亦愈閡隔，以即於滅亡。正如人之身體，由孩童以至於少壯，筋骨日趨強健。但強健既達於最高度，而強身原料之礦質鹽性，即漸堵塞其微絲血管，使之頭童齒闊，面皺髮白，且血管硬化，骨脆易折，以即於死亡。張昭雖非一等名臣，而孫權亦非一等英主，但舉此可以例其餘，類似之事故，唐宋以前不乏其例也。

五十三、國祚繫於君相之手

每一個朝代，若以享祚之短長而論，主要條件當然在於開國規模之能否順應環境及施政方針能否適合時代之要求；而在憲政制度未確立之先，則君明臣良亦可列為條件中之首要也。漢之除秦苛政、與民更始、約法三章等，堪稱順應與適合；而高帝、蕭、曹等亦不失為明良，是以秦漢兩朝之國祚為十五與二百三十之比，非無因也。然而亦有出人意表者。後周之太祖、世宗、王朴等，平心而論，賢明實不讓漢高帝與蕭曹，而國祚不永，凡三世九載而遂亡。明朝自成祖以下，累代昏庸，幾於無善可述，而享祚乃至二百七十六年之久。凡此兩事，周不能歸罪於人事，而明亦只能歸功於天時矣。後周之開國規模且勿具論，即以其施政言之，略舉數事，亦可以窺見其帝者之為何等人。

先是後梁太祖朱全忠攻淮南，掠得耕牛以千萬計，給東南諸州農民，使歲輸租。延至後周，已歷數十載，牛死而租不除，人民怨苦。周太祖素知其弊，乃於廣順三年下令除租牛課，民賴以安。讀此可以見其勤察民隱。

周世宗即位之初，詔天下寺院非敕額者悉廢之；禁私度僧尼，凡欲出家者必俟祖父母、父母叔伯之命。令兩京及諸州每歲造僧冊，其有死亡或還俗者隨時具報。計顯德二年，天下寺院，存者二千六百九十四，廢者三萬三百三十六，見僧四萬二千四百四十四，尼一萬八千七百五十六。讀此則其行政機構之縝密可以概見。

世宗以大梁城中迫隘，人民每侵街衢為舍，通大車者蓋寡，乃立標幟，悉直而廣之，廣者至三十步。又令遷城中墳墓於標幟七里之外，其標內則俟縣官分畫街衢、倉場、營廨外，聽人民築室。令曰：「近廣京城，於存殁擾動誠多，怨謗之語，朕自當之，他日終為民利。」讀此則其規模之遠大，市政之整肅可見。

世宗即位，高平一役，北漢喪膽，復回師以討伐南唐，一舉而定江北。顯德六年，唐主遣鍾謨入貢，上問謨曰：「江南亦治兵修守備乎？」對曰：「既臣事大國，不敢復爾。」上曰：「不然，昔為仇敵，今則一家，吾與汝國大義既定，保無他虞，然人生難期，至於後世則事不可知。歸語汝主，可及吾身完城郭，繕甲兵，據守要害，為子孫計。」謨歸以告，唐主乃城金陵。嗚呼，抑何其恢恢有容也。司馬溫公之論周世宗曰：「無偏無黨，王道蕩蕩。」又曰：「大邦畏其力，小邦懷其德，世宗近之矣。」誠哉是言。世宗殂年三十九，正春秋鼎盛而賫志以殁，豈獨周之不幸，抑亦南唐後主之不幸矣。王朴卒於顯德六年三月，同年六月而世宗殂，周亦以亡。由此觀之，則國祚仍繫於君相之手矣。

顯德二年，王朴上周世宗之〈籌邊策〉曰：「中國之失吳、蜀、幽、并，皆由失道，……凡攻取之道，必先其易者。唐與吾接境幾二千里，其勢易擾也。……南人怯懦，聞小有警，必悉師以救之，師數動則民疲而財竭，不悉師，則我可以乘虛取之，如此江北諸州將悉為我有。既得江北，則用彼之民，行我之法，江南亦易取也。得江南則嶺南巴蜀可傳檄而定，南方既定，則燕地可望風內

五十四、司馬溫公言人不敢言

中國與邊疆小民族之糾紛，不絕於史，但強半為自衛的，而非以強陵弱也。每屆秋高馬肥，彼等輒逐水草而入寇，掠我牲畜糧秣，其甚者則更為子女玉帛而來，以圖民族生存而戰爭，良非得已。然而因雄主之好大喜功，動機在於開邊闢土者則亦有之，如秦皇、漢武等是也。吾見三國時代之兩英雄，其對外戰爭之動機，大有異乎尋常，完全是出於一種策略，即魏武帝與諸葛武侯是已。

袁紹既敗，魏武於未擊劉表之先而從事於北征，鑿兩渠以通運。一自呼沲入泒水，名曰平虜渠；一自泃河入潞河，名曰泉州渠。建安十二年夏，魏武自將兵擊烏桓蹋頓，大敗之，斬蹋頓及名王已下，烏桓請降。當魏武出兵北伐時，劉備說劉表襲許，表不能用；及聞魏師得勝而還，表謂備曰：「悔不用君言，致坐失時機。」備曰：「今天下分裂，日尋干戈，事會之來，豈有終極，若能應之於後者，則此未足為恨耳。」蓋含恨以慰之也。實則魏武出師之先，諸將有恐劉表後襲而諫阻者，郭嘉獨排眾議，謂：「表乃坐談客耳，必不能用備言，雖虛國遠征無憂也。今袁紹雖敗，而其子尚與熙俱在，且嘗有德於諸胡，苟因烏桓之資，興師入寇，胡人一動，民夷俱應，生蹋頓覬覦之心，恐青、冀二州非我有矣。」議遂決。師還，魏武厚賞諫者，謂此役實乘危以徼倖，不可以為常。

黃初六年，武侯於未出兵漢中之先，自率大軍南進討雍闓，所向皆捷，斬雍闓於越巂。孟獲收闔餘眾，統諸夷以拒亮，七戰而降之，獲乃自矢曰：「公，天威也，南人不復反矣。」師至滇池。益州、永昌、牂柯、越嶲四郡皆平。終亮之世，夷漢相安無事。即〈出師表〉所謂「思維北征，宜先入南」者是已。此二人者，其開邊之動機乃著意鞏固後防，實為第二目的；其第一目的則在進兵中原也。政治家之策略，與野心家之好大喜功者不可同年而語。

武侯自有千秋，可勿具論；唯魏武則厚蒙不潔，莫之或伸；然而司馬溫公固早已伸之矣。建安十七年，荀彧飲藥於壽春，溫公論之曰：「孔子之言仁也重矣。自子路、冉求、公西赤門人之高第；令尹子文、陳文子諸侯之賢大夫，皆不足以當之，而獨稱管仲之仁；豈非以其輔佐桓公，大濟生民乎，齊桓之行若狗彘，管仲不羞而相之，其志蓋以非桓公則生民不可得而濟也。漢末大亂，群生塗炭，自非高世之才，不能濟也，然則荀彧舍魏武將誰事哉。齊桓之時，周室雖衰，未若建安之初也。建安之初，四海蕩覆，尺土一民，皆非漢有；荀彧佐魏武而興之，舉賢用能，訓卒勵兵，決機發策，征伐四克，遂能以弱為強，化亂為治，十分天下而有其八，其功豈在管仲之後乎。管仲不死子糾而荀彧死漢室，其仁復居管仲之先矣。而杜牧乃以彧之勸魏武取兗州則比之高、光，官渡不令還許則比之楚、漢，及事就功畢，乃欲邀名於漢代；譬之教盜穴牆發匱，而不與同挈，得不為盜乎。余以為孔子稱文勝質則史，凡為史者，記人之言必有以文之。然則比魏武於高、光、楚、漢者史氏之語言也，豈皆彧口所言耶；用是貶彧，非其罪矣。且使魏武為帝，則彧為佐命元功，與蕭何同賞矣。彧不利此而利於殺身以邀名，豈人情乎。」痛快淋漓，理直而氣壯，此真以純客觀的態度下判斷，言人之所不敢言者矣。史乎史乎。杜筆惡足以語於是。

五十五、用兵在機微

高帝提兵爭中原，而使蕭何坐鎮關中；光武提兵討群敵，而使寇恂坐鎮河內。雖則轉戰千里，因地為糧，一切給養，未必悉自關中、河內出；然而重鎮之不可以或忽，其機微矣。高帝、光武之所以成功，條件雖或甚多；但展轉四出，終如網之有綱，進退豫如，則重鎮之說為不可誣也。反而觀之，試回顧失敗者之陳跡，則可以知其機矣。自秦漢以迄清代，中國以帝制統一之歷史凡二千年，試於初期舉一事實，末期舉一事實，以作例證。

項羽起自江東而轉戰中原，凌厲權奇，無可倫比；乃忽略江東而都四面受敵之彭城，結果一敗塗地，此一例也。洪秀全起自金田而轉戰中原，氣壓江南，清廷束手，乃忽略越桂而都四面受敵之金陵，結果亦一敗塗地，此又一例也。一始一終，上下二千載，如出一途，則其餘亦可無庸列舉矣。此無他，重鎮之不立而已。豈曰彭城與金陵之不可都哉，若憑藉一進可以戰、退可以守之根本重鎮而與群雄角，待事定功成之後，彭城也可，金陵亦無不可。吁，其機微矣。由此言之，張作霖苟無外患以乘其後，前途正未可量耳，惜哉。然而張氏無曹瞞、諸葛之卓識，不謹於後顧而欲爭雄於中原，則亦可置而勿論矣。

五十六、武則天牝雞司晨

貞觀五年十月，上令群臣議封建，魏徵以為不可。中書侍郎顏師古，請分王諸子以州縣，使雜錯而居。十一月詔皇家宗室及勳賢之臣宜令作藩鎮，貽厥子孫，非有大故，毋或黜免。迨肅宗以後，藩鎮跋扈，唐室以亡，此則家天下者之報應矣。皇家宗室，勳賢子弟，若有所愛好，則富之可也，州縣乃國家土地，豈容分割以酬所私。況紈袴子弟，庸知治術，牧民之職，詎比尋常，是以至德、乾元以還，大權旁落於軍人之手，安、史方靖，而河北三鎮繼之，擾攘不已，以抵於滅亡，魏徵之卓識，夐乎遠矣，豈顏師古之流所能望其項背哉。

唐武氏之禍，人皆知牝雞司晨，為家之索，然也。但此司晨之牝雞實為王皇后，人多略之。蓋以讀史者之精神每為武氏之狠辣手段所牽制，眼花撩亂，致令罪魁得以逍遙法外也。初，高宗之王皇后無子，蕭淑妃有寵，后嫉之。當上在東宮時，嘗入侍太宗，見才人武氏而悅之。貞觀二十三年五月，太宗崩，其年即以安業坊濟度尼寺為靈寶寺，盡度太宗嬪御為尼，武氏亦隨眾入寺矣。會忌日，上詣寺行香，二人復相見，武氏泣，上亦掩泣。王皇后聞之，陰令武氏蓄髮，勸上內諸後宮，用以間蕭淑妃之寵。動機不過如此，此所謂婦人之智也。未幾，武氏拜為昭儀，后與淑妃俱寵衰，然尚無廢后之意。永徽五年，會昭儀生女，后憐而弄之。后出，昭儀潛扼殺此女，覆以錦衾。上

五十七、好弄小聰明為人之通病

余嘗對於「有所不為然後可以有為」一語寫過一段評論，引所謂領袖人物及創業之主為證。史載諸葛武侯一段故事，愈可以發明斯義：「一日，武侯至其所屬之主簿室，自校簿書，主簿楊顒直入，諫曰：「為治有體，上下不可相侵，請為明公論家常。今有人使奴執耕稼，婢典炊爨，雞主司晨，犬主吠盜，牛負重載，馬涉遠路，庶業無曠，所求皆足，雍容高枕，飲食而已。忽一日盡欲以身親其役，不復付任，勞其體力，為此碎務，形疲神困，終無一成，豈其智之不如奴婢雞犬哉，失家主之法耳。是故古人稱『坐而論道，謂之王公，作而行之，謂之士大夫』，是以丙吉不問橫道死人而憂牛喘，陳平不肯知錢穀之數，云自有主者，彼誠達於位分之體也。今明公為治，乃躬自校簿書，流汗終日，不亦勞乎。」武侯謝之，顒卒，武侯垂涕三日云。然則漢文帝之欲黜上林尉而進嗇夫，亦猶是耳。可見治術之緩急輕重間，措置每易失宜，賢者不免。從諫如流，是為美德，有已乎。然而任大事者，於自覺精神不周時，每好弄小聰明以示明察，實人類之通病矣。

五十八、漢武帝勇於改過

漢武帝崇尚儒術，置五經博士，養三老、五更，不察者或以為是一種行政策略，虛文而已。而豈知及武帝之身與其嗣子，受博士三老之匡濟已自不少，不得以近代之諮議、顧問視之也。試在歷史上舉數事以為證。

戾太子以巫蠱事被讒，致父子構兵，群臣憂懼，不知所出。三老令狐茂上書曰：「皇太子為漢嫡嗣……，江充閭閻之隸臣耳，陛下顯而用之，銜至尊之命以迫蹙皇太子，造飾姦詐，群邪錯謬，是以親戚之路隔塞而不通，太子進則不得見上，退則困於亂臣，獨冤結而無告，不忍忿忿之心，起而殺充，恐懼逋逃，子盜父兵，以救難自免耳，臣竊以為無邪心。《詩》曰：『營營青蠅，止于藩。愷悌君子，無信讒言，讒言罔極，交亂四國。』往者江充讒殺趙太子，天下莫不聞，陛下不省察，深過太子，發盛怒，舉大兵而求之；三公自將，智者不敢言，辯士不敢說，臣竊痛之。」書奏，天子感寤。征和三年，上憐太子無辜，乃作思子宮，為歸來望思之臺於湖，天下聞而悲之。

直言，危事也；於雄主盛怒之下而進直言，其危尤甚，況預人家庭事乎。此老真不負國家之養。

始元五年春正月，有男子乘黃犢詣北闕，自稱衛太子。詔使公卿、將軍、中二千石雜識之，莫敢發言。京兆尹雋不疑後至，叱從吏收縛。或曰：「是非未可知，且安之。」不疑曰：「諸君何患於衛太子。昔蒯聵違命出奔，輒距而不納，《春秋》是之。衛太子得罪先帝，亡即不死，今來自詣，此罪人也。」遂送獄。天子與大將軍霍光聞而嘉之曰：「公卿大臣，當用經術明大義者。」

元平元年，霍光以群臣奏事東宮，太後省政，宜知經術。白令夏侯勝用尚書授太后，遷勝長信少府，賜爵關內侯。

本始二年夏五月，詔曰：「孝武皇帝躬仁義，厲威武，功德茂盛而廟樂未稱，朕甚悼焉，其與列侯、二千石、博士議。」於是群臣大議庭中，皆曰宜如詔書。長信少府夏侯勝獨曰：「武帝雖有攘四夷廣土境之功，然多殺士眾，竭民財力，奢泰無度，天下虛耗，百姓流離，物故者半，無德澤於民，不宜為立廟樂。」公卿共難勝曰：「此詔書也。」勝曰：「詔書不可用也。」於是丞相御史劾奏勝不道，連及丞相長史黃霸阿縱不舉劾，俱下獄。霸於獄中請從勝受《尚書》，勝辭以死罪。霸曰：「朝聞道，夕死可矣。」勝賢其言，遂授之。

當時經義之見重也如此，而朝士大夫竟能以經義斷獄，且以經義折詔書，博士誠不虛縻俸祿矣。勝年九十卒，太后素服五日以報師傅之恩，儒者榮之。

武帝之好大喜功，誠令人有可議之道；然勇於改過，實足多焉。因田千秋一言而罷斥方士，每對群臣自歎鄉時之愚惑，為方士所欺。因桑弘羊奏議而下詔罪己，深陳既往之悔。詔曰：「前有司奏，欲益民賦三十助邊用，是重困老弱孤獨也。……乃者貳師敗，軍士死略離散，悲痛常在朕心，

五十九、修史不能語焉不詳

太初三年伐大宛，發天下吏有罪者，亡命者，及贅壻、賈人、故有市籍、父母、大父母有市籍者，凡七科，適為兵，載糒給貳師。天漢四年春正月，發天下七科讁，遣隨貳師將軍李廣利出朔方以伐匈奴。張晏曰：「七科者，一曰吏有罪，二曰亡命，三曰贅壻，四曰賈人，五曰故有市籍，六曰父母有市籍，七曰大父母有市籍。」二說正同，漢讁邊罪犯乃如此。一與二易解，贅壻之為有罪，應是以其不顧父母之養，因求偶而甘心謂他人父、謂他人母，犯不孝之條。四至七乃根於當日重農賤商之國策，應是指罪犯中戶籍之為商賈、為市儈者，非謂凡屬商賈市儈悉為罪犯也。更約而言之，則罪犯中之士族與農工族，苟非負有前三科之罪名者得免兵役。天漢四年之令曰「發天下七科讁」，有一「讁」字，得知必為罪犯尚不至於誤解。但讀太初三年之命令，可使人誤以為全國商賈均須服兵役。或則誤為本身雖屬士農工階級，而脫離市賈籍未逾三代者仍須服兵役。意義殊欠明晰。文章固有以簡練為美者，但鋪敘事實與運用典故，技術自應不同。典故雖亦曰事實，但既經前人鋪敘過而為人所共知，只約略點到即已大明。如曰「驚鴻游龍」、「青梅竹馬」，一見即了然於心，無取辭費。唯修史則與作誄辭、作像贊不同。雖則刪冗芟蔓乃史筆之要義，穢蕪定非良史。但削伐過甚以致敘述不明，令人迷惑，則亦未可遽許之曰良。過猶不及，蒙頭蓋面與語焉不詳，厥弊維均。《新五代史》較於《舊五代史》為優，固也。但刻意以「逸馬殺人於道」相標榜，或難免有不詳不盡之嫌。甚矣，良史之難能也。

始皇三十三年，發諸嘗逋亡、贅婿、賈人為兵。賈誼曰：「秦人家貧，子壯則出贅。」師古曰：「謂之贅婿，言其不當出在妻家，猶人身之有疣贅也。」由此觀之，則余所謂贅婿之罪，殆惡其不顧父母之養，此言是矣。至於賤商之習俗，由來愈遠，孟子所謂惡其罔市利，名之曰「賤丈夫」，則春秋戰國之世，早已為人所輕薄。蓋大平原之民族，原料無缺乏之虞，只要男耕女織，便可收家給人足之效。所謂「通工易事以羨補不足」，所謂「古之為市者以其所有易其所無」，固無須乎商賈為之轉運原料，疏散生產也。人但見商賈之不耕不織而生活裕如，是以賤之。此實得天獨厚之平原民族，曾不知貧瘠島民缺乏原料之苦。若使之感受原料缺乏或生產過賸之苦痛，應知重商矣。

漢高帝在位之第八年，令「賈人毋得衣錦、繡、綺、縠、絺、紵、罽、操兵，乘騎馬。」絲織品、麻織品，皆不許著；不許帶刀，不許駕車，不許騎馬。只許著棉布衣服以步行，傷哉賤也。又高帝十二年，相國何請令人民得入上林苑收稾為禽獸食。上大怒曰：「相國多受賈人財物，乃為請吾苑。」下相國廷尉獄，繫之。可謂盛怒。最奇者無端而遷怒於賈人。可見當時凡涉於有利可圖之事便立即聯想到商賈身上，想及便深惡痛絕。可見孔子之罕言利，孟子之於梁惠王及宋牼，皆以「何必曰利」為辭。此並非儒家哲學精神乃如是，實當日之習俗移入耳。且崇尚儒術乃自武帝始，不得謂高帝、秦皇之政令，曾受儒術影響也。

《漢書・嚴助傳》：淮南王安上書諫用兵於閩越曰：「間者數年，歲比不登，民待賣爵贅子以接衣食。」如淳曰：「淮南俗，賣子與人作奴婢名為贅子；三年不贖遂為奴。」師古曰：「贅，質也。」《說文》：「贅，以物質錢也；從敖，貝聲。敖，放也；放貝而可以收回，意猶質也。」故贅子實猶今之典身而立有年限取贖者。贅婿之贅訓疣，而贅子之贅訓質，其義不同。

六十、女子小人之難養

鄢陵之戰，欒書將中軍，步毅御晉厲公，欒鍼為右。鍼，書之子也。車陷於淖，欒書將載晉侯。鍼曰：「書退，國有大任，焉得專之。」意謂各有專職，毋得相越也。君前而子可以斥其父之名。以事理而論，只應曰「將軍日退。」因當時欒書乃中軍主帥，「將軍」頭銜，乃國家所授，即國君亦應稱之為將軍。漢宣帝與趙充國之敕書曰：「將軍其引兵並進，勿復有疑。」是其例矣，此一事也。

晁錯欲厲行中央集權政策，諸侯譁然。錯父聞之，謂錯曰：「上初即位，公為政用事，乃侵削諸侯，疏人骨肉，口語多怨，公何為者？」錯曰：「固也，不如此則天子不尊，宗廟不安。」父曰：「劉氏安，晁氏危矣，行矣，公其勉之。」父而面稱其子曰公，以示義斷恩絕之意，此又一事也。

宋孝武時，顏延之子竣為丹陽尹，甚貴顯。延之性澹薄，乘羸牛笨車，遇竣鹵簿於途，輒住道左。嘗語竣曰：「吾平生不喜見要人，今不幸見汝。」父而稱其子曰要人，此又一事也。斯三者，實歷史上稱謂之趣事。

文帝前六年，匈奴冒頓死，子稽粥立，帝復遣宗室女翁主為單于閼氏，使宦者燕人中行說傅翁主，說不欲行，漢強使之。說曰：「必我也，為漢患者」。其意若曰，強我行，他日為漢患者必我也。既入匈奴，甚得親幸。初，匈奴好漢繒絮、食物，中行說曰：「匈奴人眾不當漢之一郡，然所以強者，以衣食異，無仰於漢也。今單于變俗，好漢物，漢物不過什二，則匈奴盡歸於漢矣。」此真深得拒絕同化之神髓者矣。狡哉中行說，智哉中行說。其後每得漢繒絮，輒服之奔馳草棘中，使衣袴裂敝，以示不如旃裘之完善也。得漢食物皆棄之，以示不如湩酪之便美也。又教單于以計課畜牧、登記人眾之法。遺漢書牘，輒倨傲不遜。漢使或訾笑之，中行說曰：「毋多言，所給備善則已，若不備不善，則候秋熟，當馳騎以蹂而稼穡耳。」毒哉小人！當時朝廷以諸呂之變，繼以吳楚七國之亂，國家多事，正極力用和親政策以懷柔匈奴。計自稽粥承翁主後，漢女遣嫁匈奴者凡五六見。然終文景之世，四十年間，匈奴入寇之事，不絕於史，未始非中行說挑唆之所為也。苟非孝武之大張撻伐，邊患寧有已時。女子小人之難養，豈不然哉。遠之則怨，其禍有如是者，吁，可畏已！

六十一、不是胡兒是漢兒

景帝後元年，以南陽直不疑為御史大夫。有廷毀不疑為盜嫂者，不疑聞之曰：「我乃無兄。」不辯之辯，勝於雄辯。

劉先主禁酒，有司希旨，變本加厲，凡藏有釀酒具之家輒遭逮捕，騷擾不寧，人民苦之。一日，簡雍與先主同立於樓上，見有男女偕行者，雍曰：「此人欲行淫，亟宜縶付有司。」先主問何以知其然。雍曰：「以其身有淫具耳。」先主大笑，即日罷禁酒令。一語回天，勝於萬言諫草。

張弘範仕元為都元帥，督兵南下，窮追南宋舟師至厓。冊，陸秀夫負帝昺蹈海，宋以亡。弘範慶大功之告成，勒銘於水中央之巖石曰：「張弘範滅宋於此」，字大如斗，後雖削去而痕跡尚存，余猶及見。陳白沙先生記其事，為加一宋字於上而成為「宋張弘範滅宋於此」。一字之貶，嚴於斧鉞。

弘範善馬槊，頗能歌，有《淮陽樂府》一卷。其圍襄陽之〈鷓鴣天〉曰：「鐵甲珊珊渡漢江。南蠻猶自不歸降。」襄陽寄順天友人之〈滿江紅〉「萬里長江今我有，百年堅壁非他守。看虎牙、飛上萬山頭，誅群醜。」又曰：「怕故人、相憶問歸期，平蠻後。」弘範原是常人，為人欲而仕，吾無責焉，責則高視之矣。但不應罵中國人曰「蠻」曰「醜。」彼雖賜名「拔都」，猶是漢家兒；

其祖宗仍是姓張，廬墓猶在河南省之河內。趙德用以詩斥之曰「鐫功奇石張弘範，不是胡兒是漢兒」，良有以也。

六十二、稱謂要考之時間

《魏略》曰：「建安中，袁紹為中子熙娶中山甄會女。紹死，熙出在幽州，甄留侍姑。及鄴城破，五官中郎從而入紹舍，見甄怖以頭伏姑膝上。五官中郎謂紹妻劉夫人，扶甄令舉頭，見其姿貌絕倫，稱歎之。太祖聞其意，遂為迎娶。」

《世說新語》曰：「魏甄后慧而有色，先為袁熙妻，甚獲寵。曹公之屠鄴也，令疾召甄，左右白：『五官中郎已將去』。」以上二者，咸稱曹丕曰五官中郎。

《後漢書．袁紹傳》：建安八年春二月，曹操攻黎陽，與袁譚、袁尚戰於城下。譚、尚敗走還鄴，夏四月，操追至鄴。引漳水灌之，城中餓死者過半。八月戊寅，審配兄子榮，夜開城門內操兵。操入鄴，臨禮紹墓，哭之流涕。慰勞紹妻，還其家人財物。

《魏志》：建安十六年春正月，以曹操世子丕為五官中郎將，置官屬，為丞相副。

案如上述，操入鄴，臨紹舍，乃在建安八年秋八月，冊曹丕為五官中郎將則為建安十六年春正月事。是則破鄴奪甄時，曹丕那得有五官中郎之稱。

《世語》曰：「太祖下鄴。文帝先人袁尚府，見婦人散髮垂涕立紹妻後。問知是熙妻，令攬髮拭面，姿貌絕倫，遂納之。」此是史筆補敘，追稱操曰太祖，丕曰文帝，固應如是。至於鋪敘建安

六十三、辛棄疾與黨懷英

劉聰既陷長安，琅邪王睿受愍帝詔，權攝大位。劉琨謂溫嶠曰：「晉祚雖衰，天命未改，吾當立功河朔，使卿延譽江南，行矣，勉之。」嶠為琨奉表詣建康，其母崔氏以為是非尚難定，固止之，嶠絕裾而去。既至建康，王導、周顗、庾亮等皆愛嶠才，爭與之交。琨乃嶠之姨父也。

辛棄疾與黨懷英，少同學於亳社劉嵓老，穎悟不與常兒同。紹興三十二年，棄疾為耿京奉表詣臨安，比返命，行至海州，聞張安國已殺耿京降於金，乃率其部曲突入元軍大營，挾安國馳馬南奔，由揚州渡江，獻俘於臨安。懷英則仍留河朔，仕元至翰林院承旨。此四君者，雖去住不同，皆能戛戛獨造，各有所建樹。

辛棄疾與黨懷英，於事功而外皆以文章顯。稼軒之詞卓絕千古，人所共知，可勿具論。而懷英之文章，則亦縱橫淹博，領袖時流。金章宗好文學，每歎朝士曾無一人及懷英者。錄其制誥以示一斑。

章宗明昌四年，鄭王永蹈以謀反伏誅，王固章宗之叔父也。懷英草詔曰：「天下一家，詎可窺於神器；公族三宥，卒莫逭於常刑。非忘本根骨肉之情，蓋為宗社安危之計。亦由涼德，有失睦親；乃於閒歲之中，連致逆謀之起。恩以義掩，至於重典之亟行；天高聽卑，殆匪此心之得已。興言及此，惋歎奚窮。」當日論者謂百年來無此制誥云。此等題目，最難著筆，誠以於國則為君臣，於家則為叔姪也。

東晉與南宋，國勢略相似，而此四君之出處亦略相似。所異者劉琨志扶晉室而懷英仕金，要皆歷史上之佼佼者。

范陽祖逖，少有大志，與劉琨俱為司州主簿，同寢處，中夜聞雞鳴，蹴琨覺，曰：「此非惡聲也」，因起舞。卒其部曲渡江，屯淮陰。歸安彊村翁，以宣統辛亥東渡，主先兄任公家，一日聞內室有兒啼聲，翁微喟曰，「此非惡聲也」。時翁年逾五十，門祚衰微，旅懷岑寂，於國於家，俱乏歡腸，故流露於不自覺。一則以少壯乘時，奇氣勃發；一則以英雄遲暮，心事蹉跎。而感慨相似。

晉元帝建武元年，杜曾圍揚口壘，馬雋叛，從曾來攻壘，時劉浚守北門，朱伺守南門。或欲剝雋妻子面皮以示之。伺曰：「殺其妻子而圍不解，徒增怨耳。」乃止。既而曾攻陷北門，伺被傷，追入舟中，穿舟底以出，潛水行五十步，乃得免。曾遣人說伺曰：「馬雋德卿全其妻子，今盡以卿家內外百口付雋，雋已盡心收視，卿可來也。」伺報曰；「吾年六十餘，不能復與卿作賊。」乃投奔王廙，病創而死，民國十七年，南軍北伐，淮、徐、直、沽相繼陷。時王靜安先生講學於清華大學，慨然曰：「吾年五十餘，一辱豈容再辱。」遂投昆明湖而死。蓋當日類似湖南葉德輝之事實時有所聞，意以為萬方一概也。烈士暮年，感慨亦相似。

六十四、孟昶無負初志

桓玄纂位，劉裕與何無忌同舟還京口，密謀興復晉室。青州主簿孟昶，時在京口，亦與裕同謀；妻周氏，富於財，昶謂之曰：「劉邁毀我於桓公，使我一生淪陷，我決當作賊，卿幸早離絕，脫得富貴，相迎不晚也。」周氏曰：「君父母在堂，欲建非常之謀，豈婦人所能諫；事之不成，當於奚官中奉養大家耳。」蓋晉宋間子婦稱其姑曰大家，而二等奴僕曰奚。意謂若事敗而家人沒入為官婢時，當於奚官中養姑也。昶悵然久之而起。周氏追昶坐，曰：「觀君舉措，非謀及婦人者，不過欲得財物耳。」因指懷中兒示之曰：「此而可賣，亦當不惜。」遂傾資以給之。昶之弟婦，亦周氏之從妹也。周紿之曰：「昨夜夢殊不詳，門內絳色宜悉取以為厭勝。」妹信而與之，乃盡製為軍士袍。何無忌夜於屏風裡草檄文，其母劉牢之姊也，登凳密窺之，泣曰：「汝能如此，吾復何恨，吾不及東海呂母明矣。」蓋王莽之世，琅邪呂氏子作縣吏，為宰所冤殺，其母散家財以結游俠少年，得百餘人，攻海曲縣，殺宰以祭子墓，入海為盜，聚眾至萬數，故何母以此自況。

讀史氏曰：孟妻何母，其慷慨壯烈豪邁精明之氣度，視范滂之母，何多讓焉。只以生不逢時，正當五胡亂華、學絕道喪之日，劉裕雖討賊而終移晉祚，以盜易盜，不若桓、靈儒生，賭性命而與宦豎爭，得後世同情；遂令范母之名，亦得與黨錮諸賢而共垂不朽。此則時勢使然，非范母之獨能育佳兒也。且孟、何諸人與劉裕盟而共扶晉室，亦既窮追桓玄而戮之矣，元興三年奉晉七廟神主重入太廟矣，義熙元年何無忌且奉乘輿東還建康矣。盧循逼建康，孟昶欲奉乘輿渡江依劉裕，裕不聽，昶乃抗表自陳，仰藥以明志矣。討賊而賊已滅，晉祚復興，光明磊落，無負初志，何詎不若昔賢也。

六十五、地理與人文之關係

地理與人文關係甚大，如傍江河湖澤而居者人多優美，反是而重巒疊嶂之間民多獷悍，蓋應付環境覓衣食以圖生存，久而久之，生理上自隨環境而變化，勢使然也。又四川、江西兩省多產生文學士，而浙東、浙西之學派犁然不同，則思想亦隨地理而轉移矣。

中國歷史上之帝王，自漢初以迄近代，按司馬溫公所認為正統者而詮次之，除元、清兩朝外，凡得十有六人。試以行省為界，表分如左。

一、劉　邦　沛邑，江蘇徐州府治
二、曹　丕　沛國譙人，江蘇徐州府治
三、司馬炎　溫縣，河南河內懷慶府治（在黃河北岸）
四、劉　裕　彭城，江蘇徐州府治（晉室東遷劉氏移居丹徒之京口）
五、蕭道成　南蘭陵，江蘇武進縣治
六、蕭　衍　南蘭陵，江蘇武進縣治
七、陳霸先　吳興，浙江

八、楊　堅　弘農，河南靈寶縣治
九、李　淵　隴西成紀，甘肅天水縣治
十、朱　溫　碭山，江蘇徐州府治
十一、李存勖　沙陀，新疆
十二、石敬瑭　西夷，新疆
十三、劉智遠　沙陀，新疆
十四、郭　威　堯山，河北順德府治
十五、趙匡胤　涿州，河北
十六、朱元璋　濠州，安徽鳳陽府治

如右表所列，若以省別，則江蘇六人，新疆三人，河北二人，甘肅一人，安徽一人，浙江一人。若以江河為界，則黃河北岸七人，長江北岸八人，長江南岸一人。

於斯可見，江南明秀之鄉不甚產帝王。江蘇六人中，有四人屬徐州府治，其他乃山東、河南、安徽三省之甌脫，只沿吳楚之舊疆界而劃歸江蘇，文化風俗，殊異江南。名義雖屬江蘇，而銅山地厭之雄鬱，較諸太湖水域，天地異色矣。

六十六、「夏侯色」之所得傳

「必傳之作」，乃一句習用語，蓋謂作品佳妙而可傳也。但是有時傳不傳實不在乎佳不佳。如「夏侯色」三字，古今文人用之者多矣。按此三字之成立實始於范曄之獄中詩。范詩曰：「雖無稽生琴，庶同夏侯色。」蓋謂嵇康為司馬昭所殺，臨刑援琴而歌，夏侯玄為司馬師所殺，赴東市而顏色自若也。但此三字之所以能流傳殊不在乎夏侯；臨刑而顏色不變者多矣，豈唯夏侯玄？亦不在乎范曄之詩，蓋曄詩並不見有特殊佳妙處。其傳也實在謝綜。因義康之獄，孔熙先范曄，謝綜同被逮伏誅。初，曄以為入獄即死，故慷慨賦詩。時上欲窮治與黨，經二旬而未決，曄自以為可獲赦。熙先視之而笑曰：「詹事何紛紛為哉？人臣犯上，即令賜以性命，更何顏可以生存？」迨赴東市，曄亦尚能鎮靜。其母至，涕泣責之，曄亦不怍。妹及姬妾來別，曄及涕泗滂沱。謝綜顧語之曰：「舅殊不及夏侯色，」曄收淚而止。綜乃曄之甥也。假令無此天真爛縵之小外甥，則「夏侯色」三字豈得傳哉？

六十七、春燕歸巢於林木

元嘉二十八年秋，北魏主率師南寇瓜步，眾號百萬。宋帝使輔國將軍臧質將萬人救彭城，行至盱眙，聞魏軍已過淮河，遂止焉。時朝廷採堅壁清野之策，命廣陵太守劉懷之燒城府，盡帥其民渡江。魏人攻盱眙，三旬不拔，死傷以萬計，屍與城平，自焚其攻具而退。是役也，南、北二兗及徐、豫、青、冀六州，千里無人煙，春燕歸巢於林木。此一段記載，描寫焦土戰略頗能入神。「春燕歸巢於林木」一語，寫室廬皆盡，燕歸無主，刻畫入微。蓋燕之習性乃築巢於家屋非巢於林森者也，真六朝人之筆墨矣。若在《史》《漢》，則亦曰「郡縣為墟」或「廬舍蕩然」而已。

六十八、北魏胡太后事蹟類慈禧

後元元年，漢武帝以年老多病，欲立太子。時鉤弋夫人之子弗陵，年數歲，形體壯實多知，上奇愛之，心欲立焉。以其年稚母少，猶豫久之。乃使黃門畫周公負成王朝諸侯像，以賜霍光。越數日，帝譴責鉤弋夫人，夫人脫簪珥叩頭。帝曰：「引持去，送掖庭獄。」夫人還顧，帝曰：「趨行，汝不得活。」一卒賜死。人問立其子何去其母，帝曰，「然。是非兒曹愚人之所知也。往古國家之所以亂，多由於主穉母少也。」云云。主穉母少可以致亂萌，是誠有之，但寧無政治方法可以消弭耶？不此之圖，而乃發其獸性以下此種滅絕人道之殘酷手段，斯亦可哀也已。孰知五百年後，更有尤而效之者。

晉安帝義熙五年，魏主珪將立齊王嗣為太子。魏故事，凡立太子輒先殺其母，乃賜嗣母劉貴人死。珪召嗣諭之曰：「漢武帝殺鉤弋夫人，防母后豫政，外家為亂也。汝當繼統，吾故遠跡古人，為國家長久計耳。」嗣涕泣不可仰。此種殘忍法令，在北魏行之一百二十餘年，至梁天監十一年，即北魏宣帝延昌元年，始罷立子殺母法。豈意既罷之後，即有胡太后亂政事，而元魏亦即於滅亡。此真可謂婦人之智，遂使漢武帝與魏道武在九原之下猶將笑人。若胡太后者，亦未免太不為婦女爭氣矣。

先是胡充華選入掖庭，其父國珍送而祝之曰：「願汝生諸王、公主，勿生太子。」充華曰：「妾之志異於諸人，奈何畏一身之死而使國家無嗣乎？」及有娠，同列勸墮之，充華不可。既而生子詡。延昌元年冬十月，立皇子詡為太子，始不殺其母，尊為貴嬪。天監十四年，魏主殂，詡即位，是為肅宗。高后欲殺胡貴嬪，劉騰等救之得免，旋尊為皇太妃。乃逼令高太后為尼，尊胡太妃為皇太后，臨朝聽政。太后以魏主尚幼，未能親祭祀，欲代行，禮官博議以為不可，崔光希旨，太后遂攝祭事。

太后性聰敏，好讀書，射能中針孔，政事皆手筆自決，尤好佛，作石窟寺於伊闕口，備極崇傑，而永寧寺尤華症狀，築浮圖高九十丈，頂之相輪復高十丈，共百丈。胡國珍卒，敕賜尊號曰「太上秦孝穆君」。諫議大夫張普惠以為「太上」之稱不可以施於臣下，時王公多希太后旨，遂以果行。會天象有變，胡太后欲以高太后應其不祥，一夜而高太后遂以暴卒聞，以尼禮葬於北邙。太傅侍中清河文獻王懌，美風儀，胡太后逼而幸之。然懌素有才能，輔政多所匡益，好文學，禮敬士人，時望甚重。侍中領軍將軍元義忌之，誣為有篡奪志，遂殺懌，幽太后於北宮。朝野聞懌死，莫不喪氣，梁普通六年，帝解元義侍中職，太后復臨朝攝政。

大通二年，潘貴嬪生女，胡太后詐言皇子。斯時嬖幸用事，政綱廢弛，恩威不立，封疆日蹙。秦隴以西、冀并以北，皆為賊區。淮汝、沂、泗，為梁所略。時肅宗年浸長，太后自以所行不謹，恐左右聞之於帝，凡帝所愛信者，太后輒以事去之，母子之間，嫌隙日深。帝密詔車騎將軍爾朱榮舉兵內向，欲以脅太后，行至上黨，帝復以私詔止之。事洩，太后酖殺帝，殂年十九。太后立潘貴嬪所生子為帝，既而下詔稱潘充華本實生女，乃改立臨洮王子釗為帝，生三歲，太后欲久專朝政，故利其幼而立之。爾朱榮起兵發晉陽，立長樂王子攸為帝，軍中呼萬歲。太后落髮為尼，且令肅宗宮人盡出家。榮遣騎執胡太后及幼主釗，送至河陰，沈之於河。

吾所以敘北魏胡太后事而不厭其詳者，蓋以其似孝欽之點甚多，列舉可以解人頤。以母後臨朝，一也。殺高后有類慈安，二也。利立幼主以作久專計，三也。剪伐帝之爪牙以自固，四也。嶳德穢德聞於朝野，五也。緣是而國土日蹙以即於滅亡，六也。聰敏強悍，七也。酖殺其子，八也。肅宗密召爾朱榮，亦頗似清德宗之召袁世凱。但一則外兵既入而敗，一則未入而敗，微有異同。前後相去一千五百年，造物乃不憚其煩而重演一次，噫，異矣！

六十九、性無善無不善

西哲有言曰，「須服從良心第一命令。」譬諸一人欲行竊，其良心之第一命令將必曰：「勿爾，此犯罪行為也。」你若不服從此命令而自解曰：「此舉可以濟余困，偶一為之，想亦無礙。」彼之第一命令既不行，則良心從此不汝卹矣。斯言也，猶是性善論，若性本不善，則直覺之第一念亦未必可靠。

《南史．宋廢帝紀》：「太后疾篤，遣召帝。帝曰，吾聞病人之室有鬼，何可往也。太后怒，語侍者曰，將刀來，破我腹，那得生此寧馨兒。」此寧得曰性善乎。然猶可以為之強解曰，彼之直覺第一念，或曰「母病宜省視」，第二念乃曰「有鬼宜勿往」，則良心之第一命令未嘗誤也。斯言也，在未得有力的反證之先，余亦不欲強辯。

《北史．齊顯祖》，納倡婦薛氏於後宮，有寵，忽思其不良，無端殺之，懷其首出與群臣宴，突置於案上。又支解其屍。弄其髀作琵琶，一座大驚。既而對之流涕曰，佳人難再得。乃載其屍以出，被髮徒步，哭而送之。若是者則直覺之第一念錯誤，而第二念乃於返正，則又何說。

宋元明學者之性善性惡辯，緗載可以汗數牛。綜之可得二語，曰，「有性善，有性不善」，曰，「性可以為善，可以為不善」。此種模棱語，吾固無以難之。但何以有善，有不善，何故可以為善，可以為不善，實未得滿意之答復。吾以為「可以」之原動力乃在乎衝動，受衝動之行為，其力量之大真有不可思議者。善惡本無定形，難於解釋，蓋以其不免於主觀也。主觀不足以為據。請以純客觀之事實喻之。

家屋遭火災，屋主人挾箱籠而出，置於安全地，事後有非一人之力所能運回原地者。當其出也，為受意外衝動所驅遣，而不可思議之大力以生。猛虎自慈母之懷銜其嬰兒以去，此弱女子可以奔踰山洞而與虎爭奪。此無他。「母愛性」這衝動為之也。是故衝動之力量，大莫與京。

當齊顯祖被「猛憶其不貞」所衝動，殺機遂不得不起；既而被「一條光緻之大腿」所衝動，涕淚遂不得不流。此固與性善性惡無涉。

吾今下一轉語曰，主觀之性善性惡，完全受客觀之衝動所支配。同是一人，若衝動起於此方可以使之為烈士節婦；若衝動起於彼方，則可以使之為元兇巨憝。斯而已。是故性可以為善，可以為不善自是正義，但何故而發生此「可以」，則「衝動」實其原動力矣。由此言之，則只有釋迦之「性無善無不善」是至理，其餘盡是廢話。王姚江所謂「無善無惡心之體，有善有惡意之動。」動字是從佛說之「念」字演變出來，非自得也。念即被衝動而起之動態。

七十、悲喜由心

貞觀元年，祖孝孫等所製之新樂成。上曰：「禮樂者，蓋聖人緣情以設教耳，治之隆替，豈由於此。」御史大夫杜淹曰：「齊之將亡，作〈伴侶曲〉；陳之將亡，作〈玉樹後庭花〉，其聲哀思，行路聞之皆悲泣，何得言治之隆替不在樂乎？」上曰：「不然，夫樂能感人，故樂者聞之則喜，憂者聞之則悲，悲喜在人心，非由樂也。將亡之政，民必愁苦，故聞樂而悲耳。今二曲具存，朕為公奏之，公豈悲乎？」此一段史實，最足以發明治亂之因果，而此中因果最易於倒置，不可不察。「禮樂無關於治術之降替」一語，或不無武斷，此別為一問題。至於悲喜由心，心受支於環境等理論，則真絕世聰明人語，試以因果律明之。〈伴侶〉〈玉樹〉等曲可以使人悲，則是以曲為因而以悲為果。但齊、陳之間何故而產生此曲，必製曲者已有憂生念亂之心理，聲由心生，不期而產生此哀曲，則是歌曲為果而憂生念亂乃其因矣。但憂生念亂之心理何自而起，則由於政治不良。若是則憂生念亂為果而政治不良乃其因矣。總而言之，有政治不良之惡因，結果乃至於亡國。政治不良是總因，亡國是總果，中間三級所謂憂生念亂，所謂〈伴侶〉〈玉樹〉，所謂愁慘、悲哀；皆過程之因果相乘，非真因真果也。以歌曲作論斷，結論乃如此。

試更以觀感作論斷，所得之結論應亦相同。齊陳之人何以多憂傷憔悴，蓋由於思想悲觀。但思想何以悲觀，殆因精神苦悶，則是憔悴、悲觀、苦悶迭為因果矣。但當日人民，精神何以如是之苦悶。則以環境惡劣之故，則苦悶為果而環境惡劣乃其因矣。但何由而構成此惡環境，則以政治不良故。若是則惡環境為果，原因乃在於政治不良。由此言之，則政治不良乃總原因，結果乃至於國亡家破。中間四級所謂環境惡劣，所謂精神苦悶，所謂思想悲觀，所謂憂傷憔悴，皆過程之因果相乘，非真因真果也。以觀感作論斷，結果乃亦如一。

以此論之，則杜淹所謂「國家之降替在乎樂」，未免倒果為因，且是過程中相乘之小因果，並未探本窮源，是以結論之根腳殊未穩。唐太宗則撇開政治問題而專論音樂，故「悲喜由心」一語遂站得住，此其所以為聰明。

七十一、唐朝女禍不絕之因

以婦人而使國政起波瀾，在中國歷史，實無代無之。蓋君主政治，家國不分，彼之家庭詬誶，朝政每因而波盪，影響終及於全國，此應是最大之一原因。然而波瀾之大及次數之多，則莫唐朝若矣。

唐太宗之文德皇后，允可稱為模範之賢婦人。但繼其後者乃有高宗朝之武后，中宗朝之韋后，睿宗朝之太平公主；接連三代，幾以婦人而危及國祚，使人對於「以身作則」及「耕耘收穫」之理論發生疑問，其故安在。吾以為家庭間雖屬以婦人為主體，但防微杜漸之方仍操諸男子。即以唐朝而論，縱曰武后乃天亶英雌，而太平公主乃武后之女，得母氣之遺傳，此二人姑勿具論。唯中宗朝之韋后，則因中宗遷房陵時，與后同幽閉，備嘗艱苦，因憐生寵。上嘗與后私誓曰：「異時幸重見天日，當唯卿所欲，不相禁制。」洎正后位，干預朝政，一如武后之在高宗朝。安樂公主，韋后之女也，生於遷房陵之道中，故倍得受憐。既而賣官鬻獄，勢傾朝野。或自為制敕，掩其文而使上簽署，上亦笑而從之，竟不視也。昏聵若此，國之不亡者幸矣。不有平王，則太宗之天下，不移於武氏亦將移於韋氏矣。平王即他日之玄宗，英俊勇敢，而晚年亦亂於諸楊，斯亦奇矣。孰謂以文德皇后之賢，而子婦輩幾覆其宗祀，接連數世，女禍不絕，此則未能專歸罪於婦女矣。

七十二、劉晏有科學之頭腦

唯造時勢之英傑，可以縱橫宙合，為所欲為；此外如奇才異能之士，若不擇時而生，擇主而事，則不獨不能盡其才，且結果每多不幸。吾讀史而見中唐之劉晏，不禁感慨繫之矣。

劉晏生逢喪亂，肅宗寶應元年充度支轉運等使；代宗廣德二年充河南、江淮轉運使，濬汴水以開漕運。安史之亂，天下戶口，十亡八九，州縣多為藩鎮所據，貢賦不入朝廷，府庫耗竭；而吐蕃、回紇，頻年犯邊，所在宿重兵，仰給縣吏，所費不貲，皆倚辦於晏。史言晏有精力，多機智，變通有無，曲盡其妙，常以厚值募善走者，置遞相望，覘報四方物價，是以食貨輕重之權，悉制在掌握；國家獲利，而天下無甚貴甚賤之虞云。有才如此，苟濟以近世之交通工具，成就寧可限量？

晏又以為辦集眾務，在於得人，故必擇通敏精悍廉勤之士而用之；凡勾檢簿書，出納錢穀，必委之士類，吏唯書符牒，不得輕出一言。常言「士陷賊賄，則淪棄於時；名重於利，故士多清修。吏雖廉潔，終無榮顯；利重於名，故吏多貪污。」然亦唯晏能行之，他人效者，終莫能逮。噫嘻，此所謂為政在人者非耶？史又言晏之屬官雖居數千里外，奉教令如在目前，起居語言，無敢欺紿。晏又以為戶口滋多，則賦稅自廣，故其理財，以愛民為先。諸道各置知院官，每旬月具州縣雨雪豐歉之狀白使司，知院官始見不稔之端，先申至某月須如干蠲免，某月須如干救助，及期，晏不俟州縣申請，即奏行之，應民之急，未嘗失時，不待其困弊流亡餓殍然後賑之也。案此一段之記載，其敏捷精密，實為管子所未到，豈不偉哉？先是，運關東穀入長安者，以河流湍悍，率一斛得八斗至，船之傾覆者居百分之二十焉。晏以為江、汴、河、渭水力不同。宜各因其性以訓練漕卒。江船達楊州而止，汴船達河陰而止，河船達渭口而止，渭船達太倉而止。就地置倉，遞相轉運，因民之習性以制地之宜。自是每歲運穀多至百餘萬斛，曾無升斗之損。此則用人事以抵抗天然勢力之威脅，真科學的行政機構矣。自非天才，豈能有此？

德宗建中元年，晏為左僕射吏部尚書，楊炎為侍郎，不相悅。二月，上信炎讒，貶晏為忠州刺史，七月，密遣中使就忠州縊殺晏，天下冤之。

七十三、唐朝之「租、庸、調」

唐朝之賦役法計分三科：曰租、曰調、曰庸。丁男一人受田百畝，歲輸粟二石，謂之租。每戶各隨土宜，出絹或綾或絁共二丈，綿三兩；不蠶之土輸布二丈五尺，麻三斤；謂之調。每丁歲役則給其庸，日准絹三尺，謂之庸。

租法即近代之田賦，所不同者，只以錢易粟。百畝僅納二石，似太輕；但加以調之負擔，則亦不少矣。清代田賦，上田每歲每畝並手續紙張等費，亦祇一錢二分銀子，則百畝不過十二兩，視唐代為更輕矣，況租之外更無調之負擔乎？說者謂清代田賦在歷史上為最輕，洵不誣也。

調頗似後世土產之貢，所異者乃按戶徵收，且含有抵租之意味，與貢不同。且貢物只限於地方特產之珍品，並非如布帛之必須品、日用品也。

庸即丁徭，如築城郭、建宮殿、開河渠之公有工程，徵民夫以為之，在調上扣抵，以准工資。近世直行僱工法，按日給資，更無此科矣。

社會之變化愈複雜，國家之組織愈完善，而租稅之法乃愈繁；善與不善，因時代而轉移，不能一概論。但有兩事可斷言者。最良莫如奢侈品稅，家無鋼琴，地無絨氈，非不得活也，既有餘資而欲舒適，則須多貢獻以助國防費及行政費，最是公平，最惡莫過於鹽稅，擁有數千萬元資產之富豪其擔負只與苦力等。不見得富人每日食鹽多於苦力也。貧富平均負擔，允為最惡。

七十四、不復生帝王家

南齊太祖建元年，王敬則勒兵殿庭，以板輿迎宋順帝出居別宮。帝泣曰，願後身世世勿復生帝王家。

北魏永安三年，爾朱兆囚莊帝於洛陽之永寧寺。十二月，送至晉陽，縊殺於三級寺。臨命禮佛，願生生世世勿復為國王。自作輓歌而就死。

唐高祖武德二年，王世充使王仁則鴆殺隋恭帝，帝請見世充，不許；請與太后訣，又不許。乃布席焚香禮佛，願自今已往不復生帝王家。

案宋順帝、北魏莊帝，與隋恭帝，臨死之哀鳴，如出一口。想歷代亡國之君，除貪生畏死卑躬屈節者而外，感想應亦大致相同。

七十五、石敬塘為兒皇帝

至德元載，玄宗幸蜀，與近侍及宮人出延秋門。過左藏，楊國忠請縱火焚之，曰毋以資敵。上愀然曰：「賊來不得，必更歛於百姓，不如與之，無重困吾赤子。」

天福元年，後唐主與曹太后、劉皇后、雍王重美及宋審虔等，攜傳國寶登玄武樓自焚。劉皇后積薪欲燒宮室。重美諫曰：「新天子至，必不露居；重勞民力，死而遺怨，安用之？」乃止。

案重美乃潞王李從珂之子，封雍王，猶在童年而有此識見，自是難得。若玄宗與雍王者，誠不愧仁者之言。又案和氏璧之傳國璽，自秦以至於後唐，皆有蹤跡可尋。說者謂後唐閔帝懷璽以自焚，至斯而絕。後此者則非和氏璧矣。

石敬塘以燕雲十六州賂契丹，是為引外族入中夏之開端。所謂十六州者，幽、薊、瀛、莫、涿、檀、順、新、嬀、儒、武、雲、應、寰、朔、蔚是也。天福元年，敬塘令桑維翰草表稱臣於契丹主，且請以父禮事之，約事捷之日，割盧龍一道及雁門關以北諸州與之。劉知遠諫曰：「稱臣可矣，以父事之，無乃太過。且賂以金帛自足致其兵，不必許以土地，恐異日為中國患，悔無及矣。」知遠之識見，過敬塘遠矣。

後唐明宗，本名邈佶烈，太祖養以為子，改名嗣源。即位之年，已踰六十，每夕必於宮中焚香祝天曰：「某胡人，因亂為眾所推，願天早生聖人，為生民主。」此則賢於敬瑭遠矣。

七十六、豎子不足與謀

後晉之季，契丹以鐵騎三十萬，蹂躪大河南北，戰爭五年。擄晉帝及后妃出塞，其主耶律德光，入據大梁。當時漢奸趙延壽請給上國兵廩食，俾得軍民相安。契丹主曰：「吾國無此法。」乃縱胡騎四出，以牧馬為名，分番剽掠，謂之「打草穀」。丁壯斃於鋒刃，老弱委於溝壑。自大梁、洛陽兩畿輔縣屬及鄭、滑、曹、濮諸郡，數百里間，財畜殆盡。

契丹主謂判三司劉昫曰：「我兵既平晉國，應有優賜，速宜營辦。」時府庫空竭，昫不知所出，乃請搜括都城士民錢帛，謂之「括借」。自將相以下，皆不免。又分遣使者數十人詣諸州括借，皆迫以嚴刑，人不聊生。其實無所頒給，皆蓄之內庫，欲輦歸其國。於是內外怨憤，河東節度使劉知遠乘時而起，共逐契丹。德光卒於歸途

讀五代史而至後晉，始知亡國之苦痛有如是者。同時復聯想吳三桂之無用。假令當時擁永曆以奠定西南，承薙髮令之騷擾，振臂一呼，使之復向來處去，諒非難事。豎子不足與謀，惜哉！

七十七、印刷術在五代即已暢行

自印刷發明，而世界文化乃作闊步之進展，蓋文字之效用，至此乃大顯其傳達功能故也。從前多以為印刷術乃始於宋真宗大中祥符間，實則五代時即已暢行。

後詔明宗長興三年（九三二）二月辛未，令國子監田敏，校定九經，雕板印賣。至後周太福廣順三年（九五三）六月丁巳，九經雕板告成，凡涉二十一載。是以雖迭經喪亂，而九經傳布卻其廣。

同年有蜀人毋昭裔言於蜀王曰，自唐末以來，所在學校廢絕，民不知書。自願出私財百萬營學館，且請刻板印九經。蜀主從之。由是蜀中文學復盛。

以上兩則，記載詳明，毫無疑義，距今恰一千年矣。其時正當東羅馬帝國五帝並立時也。我國對於世界文化有此偉大之貢獻，足以自豪。

七十八、馮道失節

顯德四年，蜀主昶致書於周世宗，請通好，自稱大蜀皇帝。世宗惡其抗禮，不之答。蜀主怒曰：「朕為天子郊祀天地時，爾猶作賊。」可謂快人快語，真千古之妙文也。凡所謂太祖高皇帝者，原是由盜賊轉變而成，蓋不成則仍稱盜賊矣。唐末自安史之後，繼以黃巢，循至於五代十國，群盜如毛。其中完全脫胎換骨者五人，半變而尚留一尾巴者十人，自餘則仍以盜賊稱。此蓋有幸不幸之分，更無賊不賊之別。蜀主此語，不啻為若輩寫照也。歐陽《新五代史》及司馬《通鑑》，痛詆馮道為無恥，責其失節。長樂老是誠無恥，但節為誰守，是亦問題。馮道生於晚唐，歷仕唐、晉、遼、漢、周五朝，主凡八姓。蓋後唐莊宗李存勖，其先原姓朱邪，迨克用之父歸唐，乃賜姓李。明宗無姓，名曰邈佶烈，莊宗養為己子。潞王本姓王，明宗養子。是則後唐一代，三主已屬三姓。石敬瑭無姓，其父曰臬捩雞，冒姓石。遼主德光則為耶律氏。劉知遠乃沙陀部人，曰劉氏亦屬來歷不明。周太祖姓郭，周世宗乃太祖之內姪，本姓柴。三十年間，凡易主八姓，帝位已如傳舍，又何怪馮道自以其身作傳舍也。當初不仕，則亦已矣；既仕之後，目睹此一群盜賊神出鬼沒，有如轉蓬。本無恩義，苦節將賣與阿誰？竊為長樂老悲也。雖然，是誰使汝出仕者，若不仕又誰得而辱之哉。語曰：「邦無道，富且貴焉，恥也。」道亦有罪焉，此語可作馮道像贊矣。

七十九、音樂力之大

自然景物之衝動，感受者每因乎各人之情緒而哀樂不同。如赤壁舟中，明月相同，長江亦相同，但蘇子與客之觀感則異殊矣。唯音樂則不然，奏技者之情緒似可以普及於群眾，無有異同。希臘上古史，記斯巴達與外族戰，乞師於雅典。雅典遣一瞽師赴之，為製〈入陣曲〉，聞者勇氣百倍，因而大捷。於斯可見，同是一曲，而千百萬之士卒，感受乃相同。余於中國史上得二事，亦可作樂成普遍之證。

北魏明帝時，洛陽有田僧超者，善吹笳，能為〈壯士歌〉〈項羽吟〉，征西將軍崔延伯甚愛之。正光末，高平失據，虐吏充斥，賊帥萬俟醜奴，寇暴涇岐間，朝廷為之旰食。延伯總步騎五萬討之，出師於洛陽城西張方橋，即漢之夕陽亭也。時公卿祖道，車騎成列，延伯巍冠長劍，耀武於前，僧超吹〈壯士〉笛曲於後，聞者懦夫成勇，劍客思奮。延伯膽略不群，威名早著。為國展力二十餘年，攻無全城，戰無橫陳，是以朝廷傾心送之。延伯每臨場，令僧超為〈壯士〉聲，甲冑之士踴躍，單騎入陳，旁若無人，勇冠三軍，威鎮戎豎，二年之間，獻捷相繼。此一事也。

北魏熙平間，胡太后稱制時，河間王琛，有婢曰朝雲，善吹篪，能為〈團扇歌〉〈隴上聲〉。琛為秦州刺史，諸羌外叛，屢討不降。琛令朝雲假為貧嫗，吹篪而乞於敵營，諸羌聞之，悉皆流涕。迭相謂曰：「何為棄墳並而在山谷為寇也？」乃相率歸降。秦民語曰：「快馬健兒，不如老嫗吹篪。」此又一事也。

斯二者，一能使群眾精神奮發，一能使群眾意氣消沈，而其機乃操諸一人之手。大自然之衝動所不能畫一，而一人之情緒，藉聲音為之傳達，乃能畫一而整齊之，斯亦奇矣。此無他，大自然之聲色，只是自然，曾無機心，因各人之精神而自為觀感。人為之音樂則繫於情緒，同是含氣，可感覺相應。是以一人之情緒，可藉聲音以傳達於他人，如斯而已。

當樂律家製作歌曲時，作者以其個人之情緒而發為聲音，因聲音之反響而復變為情緒，與攝影同，樂律即其底片也。英雄末路與貧兒得志，苦樂自是不同，但何與於他人，更何與於後世，何以讀〈垓下歌〉與〈大風歌〉而感慨異殊，其故安在，豈非以作者之情緒為情緒耶。樂律愈複雜，奏技者之藝術愈高明，則其反響亦將愈大。此則與自然界之聲與色，因人而異，其觀感者固自不同矣。

八十、回曆歲首無定

錢竹汀跋《長春真人西遊記》據「十一月四日土人旁午相賀」一語以考回回曆。其言曰，回回曆有太陽年、太陰年兩種，並行不悖。太陽年曰宮分，太陰年曰月分。齋期則以太陰年為準，但不在第一月而在第九月，滿齋一月即第十月一日，則人民交相賀。其所謂月一日者，又不在朔，而以見新月為準。其命日又起午正而不起子正，故有「十一月四日土人旁午相賀」之語云。此一段文章，挈回回曆之綱領甚為簡要，但前後文頗有出入處。土人既以十一月四日旁午相賀，則上文「第十月一日則人民交相賀」一語似有誤，否則「十一月四日」之「一」字衍，二者必居一於是。既曰齋期在第九月，滿齋一月即第十月一日，則人民交相賀。上承「第九月」一語，則十月之說似無誤。

查長春真人以嘉定十四年辛巳二月八日自宣德州起程，同年十一月四日行抵回紇之塞藍城，適逢土人賀齋期。十一月五日同行之趙道堅病故，即葬於塞藍城東郭之原。塞藍亦曰賽蘭。則十一月云者，又似無衍文，姑存疑以待考，回民齋期既用太陰曆，則每年亦不一定在第九月矣。計回教國之歷史紀年及宗教祭祀皆用太陰曆，唯農作及稅貢乃用太陽曆。其紀元之始則在公元六二二年七月十六日，即瑪罕默德入麥地拿之明日，是為歲首。此後既用太陰曆而不置閏月，只每三十年間置十一閏日，分隸於最後一月中，故回曆之歲首至無定。歲首無定，則所謂第九月亦無定矣。

至於宮分年則甚準確。其法以黃道十二宮平分一週歲，每宮挪移之日數如下。

寶瓶宮子　三十日
摩羯宮丑　二十九日
人馬宮寅　二十九日
天蝎宮卯　三十日
天秤宮辰　三十日
室女宮巳　三十一日
獅子宮午　三十一日
巨蟹宮未　三十二日
雙人宮申　三十一日
金牛宮酉　三十一日
白羊宮戌　三十一日
雙魚宮亥　三十日

周歲三百六十五日，與現行陽曆同；唯每月之日數分配，略有參差而已。

長春真人邱處機，登州人。南宋寧宗嘉定十二年己卯八月，元太祖成吉思汗遣侍臣劉仲祿傳旨召見，時成吉思汗正征西。翌年庚辰正月十八日，真人發萊州，經蘆溝以入燕京，館於玉虛觀。四月出居庸，五月至德興，駐龍陽觀度夏。八月抵宣德州，駐朝元觀度歲。辛巳二月八日由宣德啟行，經張家口，度陰山，三月朔，出沙陀。五月朔，抵陸局河，（亦曰臚朐河，即今之喀魯倫河），亭午日全食，眾星見。六月二十八日抵和林，謁成吉思汗。時成吉思汗正長征印度，乃赴行在。八月傍阿爾泰山之南麓而西，渡科布多河、額爾齊斯河發源處——阿爾泰山最高之脊，亦即帕米爾高原也。長夏飛雪。重九抵伊犁，即當日回紇之昌八剌城。渡那林河，更西南行而至霍闡，又西至邪米思干，即今之撒馬兒罕。十一月四日抵賽蘭城，翌日同行之趙道堅卒。壬午正月十六日過鐵門嶺，又五日渡阿木河，亦曰暗木河。二月初旬過大雪山，即今之和羅三托山，更南行三日至行營，留數日。時元太祖正追討若弗乂算端入印度。三月十五日北還，遣其將追殺算端。四月五日抵騰吉思海之行館，亦曰寬田吉思海，即今之裏海也。癸未七月九日，長春真人還抵雲中，往返三年有半。更閱四年，丁亥七月邱長春卒，而元太祖亦以同年同月殂，此亦事之巧合者，計邱長春以癸未七月九日還抵雲中，丁亥七月九日歸真於燕京長春宮之葆元堂，戊子七月九日葬於白雲觀。是亦巧合。

八十一、漢元帝之棄珠崖

漢昭帝元鳳四年，傳介子使大宛，道出樓蘭，用卑劣手段殺樓蘭王安而立其弟尉屠耆為王，更易其國名曰鄯善。今此國已沒入沙漠中，清初置鄯善縣於其故址之北，今屬新疆迪化道。蒙古沙漠，逐漸南侵，樓蘭之沒落，其明效矣。若不加以科學的人工以整理水利，廣植林木，俾伏流復成河道，則他日大河以北將漸變為沙漠，實意中事，且為期當不甚遠也。

漢武帝元鼎六年，即公元前一一一年，滅南越，置珠崖、儋耳二郡。至昭帝始元元年，前後二十餘年間，儋耳凡六度反叛。始元五年，罷儋耳郡，並屬珠崖。宣帝神爵三年，珠崖三縣反。甘露元年，九縣復反。元帝即位之明年，即初元二年，珠崖山南縣反。上博謀於群臣，欲大張撻伐。待詔賈捐之獨以為鞭長莫及，勞民傷財，徒失威信，主張放棄，上從之。捐之乃賈誼之曾孫也。初元三年春，皇帝詔曰：「珠崖虜殺吏民，背叛為逆……又以動兵非特勞民，凶年隨之，其罷珠崖郡。」計自公元前一一一至四六，珠崖隸屬中國者凡六十五年而復棄之，此實國史上一特殊事故也。

春秋張三世之義，據亂世曰內其國而內諸夏；昇平世曰內諸夏而外夷狄，太平世曰夷狄進諸爵，天下遠近大小若一。當其內諸夏時固不以征伐，即夷狄進諸爵亦非以征伐。夷狄之政治風化有能合於諸夏之禮俗時，則進之於諸夏之列；反之若諸夏國家有政治不良風俗敗壞者則貶之曰夷狄。

八十二、佔有慾是惡德亦是美德

南齊劉瑱之妹為鄱陽王妃，伉儷甚篤，王為明帝所誅，妃追傷遂成痼疾。有陳郡殷蒨者，善畫，瑱令追摹王像，並畫王之寵姬，圖寫二人憑肩對鏡，作狎暱狀。持以示妃，妃唾曰：「是真該死！」病乃霍然而癒。此誠善醫心病者，非精通醫理及心理學不能至也。天下最大而最猛烈之潛力莫過於婦人妬念。忠孝節義由此起，兇殘狠毒由此起。若發動而為慈善，其祥和熨貼之和度，殊非男子所能及；若發動而為殘忍，其慘酷惡辣之程度，亦必非男子所能及。心理學者謂女性心理走極端，誠哉其極端也。然跡其所以趨於極端之由，則只是緣於妬念。妬念一起，則舉凡一切不可為之事亦皆可為。然而妬念緣何而生，則只是緣於佔有慾。因此種慾念進行而發生障礙時，其所起之反抗，是曰妬念。此念既起，每不惜性命與之，目的不達，不死不易停止。劉瑱之以妬念療治其妹，是取法於消防隊，潑冷水於洪爐也。是故妬可以致疾，然亦可以療疾。妬力之偉大有如是者。

「佔有慾」三字，乍觀之無疑是一種惡德。然而家之所以成，國之所以立，實緣於此。家國之於人類，為幸福抑為災害，別為一問題。今蘇聯試行廢家，成否尚在試驗中。至於畫界為國之禍，則於最近三年間，已殺死幾千萬人，且方興而未有艾也。若欲廢除疆界，最少亦在千年後，此問題只應留待千年後之人討論，今不必忙。要之家國制度將作何結束，雖未可知；但成立實由於人類之

八十三、王景文莫須有賜死

《南史》：宋明帝秦豫元年，敕賜王景文死。時景文在江州，方與客對弈，看敕訖，置局下，神色恬然，爭劫竟，斂子入奩畢，徐謂客曰：「奉敕見賜以死。」乃以敕示客，而自作墨啟答敕，從容舉賜鴆謂客曰：「此酒不可以相勸，」乃自仰而飲之卒。

罵賊而慷慨赴死者有之，蓋以熱血沸騰，不遑畏怯也。久羈於牢獄而從容就義者有之，蓋早已自知必死，計之甚熟，就刑殊非意外之變，無事驚惶也。若王景文者，以外戚之貴，出鎮江州，端正廉明，無取死之道，更無致死之由。突而其來，出乎意外。而乃從容終所事，神思不亂。苟非修養有素，豈能臻此。

景文名彧，美風姿，儀表為一時冠，避帝諱而以字行，其妹乃明帝后也。明帝荒淫無道，嘗作家宴於內廷，使婦人裸逐為戲。后以扇障面，帝讓之，後曰：「豈有姑姊妹相聚而觀裸逐者！」帝大怒，幾罹不測。景文聞之曰：「妹在家素弱，今日抑何其剛正也。」即此一事，則王氏之家庭修養可知，其殆書禮之儒族歟！知恥近乎勇，豈不然哉？

然而景文既無罪，果何因而賜之死。只因上疾篤，慮晏駕之後，皇后臨朝，江安懿侯王景文，以元舅之勢，必為宰相，門族強盛，或有異圖云。其賜死之手敕曰：「與卿周旋，欲全卿門戶，故有此處分。」問何以知晏駕後皇后必臨朝，何以知元舅必為宰相，又何以知其或有異圖，莫名其妙。或有異圖之「或」字，妙不可言。岳武穆死國，後於王景文賜死七百年，此一「或」字，真「莫須有」之老前輩矣。

明帝既殂，長子昱立，是為蒼梧王，以無道死。三子準繼立，是為順帝，俱非皇后所生。景文死後六年而宋社屋。蒼梧王嘗愛蕭道成之大腹而以其臍為鵠，彎弓射之。道成大呼曰：「老臣無罪！」旁一人曰：「此腹誠佳，若射殺恐異日無以遺興。」乃改用骲頭箭。山陰公主，明帝姊也，適駙馬都尉何戢，淫恣縱橫。嘗謂帝曰：「妾與陛下，男女雖殊，俱託體先帝；陛下六宮數千，而妾唯駙馬一人，未免太不均。」帝乃為公主置面首三十人。

景文有是妹，明帝有是姊，兩兩比較，則二人之家庭環境可知，殆即景文取死之道歟？觀於景文就死之鎮定，其亦早在意計中矣。

八十四、化外之民

中國對於殖民地之措置，自有一種特殊觀念，為世界各國殖民政策之所不同。此種觀念，謂為寬大也可，謂為消極也可，要之此乃中華民族性之最真表見，毀譽非所計也。試舉例以為立論之基。

漢昭帝時，匈奴使四千騎田車師。及五將軍擊匈奴，田者驚去，車師復通於漢。鄭吉乃使吏卒三百人往田車師地以實之。宣帝元康二年，匈奴大臣皆以為車師地土肥美，在所必爭，由是數遣兵擊車師田者。鄭吉將渠犁田卒七千餘人救之，為匈奴所困，上書請益田卒。魏相諫曰：「臣聞之，救亂誅暴，謂之義兵，兵義者王。敵加於己，不得已而起者，謂之應兵，兵應者勝。爭恨小故，不忍憤怒者，謂之忿兵，兵忿者敗。利人土地貨寶者，謂之貪兵，兵貪者破。恃國家之強，務師旅之眾，欲見威於敵者，謂之驕兵，兵驕者滅。此五者，非但人事，乃天道也。今匈奴未犯我邊境，聞諸將欲興兵入其地，臣愚，不知此兵之何名也。」上曰善，乃罷軍師田。召車師王子之在焉耆者立以為王，盡徙車師國民，令居渠犁，而以車師故地予匈奴。此一事也。

漢武帝滅南越，置珠崖、儋耳二郡。南越民俗強悍，二十年間凡六反。元帝初元二年，珠崖又反。上博謀於群臣，欲發兵討伐。待詔賈捐之曰：「駱越之地，霧露氣溼，多毒草蟲蛇水土之害，本不足郡縣置也。且珠犀瑇瑁，又非珠崖所獨有也，棄之不足惜，不擊不損威。臣愚以為非冠帶之國，《禹貢》所及，《春秋》所治，皆可且無以為，順棄之便。」上從之，三年春，下詔棄珠崖。此又一事也。

東漢和帝永元元年，竇憲將征匈奴，侍御史魯恭上疏諫曰：「擾動天下以事戎夷，誠非所以垂恩中國，由內及外也。萬民者，天之所生，天愛其所生，猶父母之愛子；一物不得其所，則天氣為之舛錯，況於人乎？臣恐中國不為中國，豈徒匈奴而已哉？」此又一事也。

唐武后神功元年，疏勒四鎮之戍卒，連年困苦。狄仁傑上疏曰：「本朝疆域，已超邁前古，若猶用武荒外，邀功絕域，竭府庫之實以爭磽确不毛之地，得其人不足以增賦稅，獲其土不足以資耕織；苟求冠帶遠夷之稱，不務固本安人之術，此非二帝三王之事業也。蓋以夷狄叛則伐之，降則撫之，得推亡固存之義，無遠戍勞人之役。」此又一事也。

中國史上，似此等事，更仆難數。以上所舉，既得而復放棄者二事，反對侵略者二事。立論之主旨，不外謂夷狄若能向化中國則進之，否則暫認為化外之民，以俟王化之所被。此種觀念，實春秋三世之大義，與西哲所謂「天助自助者」之精神如一。觀於為車師立國一事可知。「化外」二字，最足以表斯義之本體，謂禮義之所未被，未足以為伍也。責其入貢，亦只是使之觀光上國，以促其文化之發達，豈貪茲小利者乎。觀於賞賜之所值，每數倍於其貢品，或數十倍，斯可知矣。因其可立而立之，唯近代美國對於古巴及菲律賓嘗有此宣言，尚未見諸實事。

「攻守」二字，雖成對待；然究其實，只是一致。世無攻者，則守字根本不能成立。道高一尺，魔高一丈；道由魔起，抑魔由道生，是未易言。道其所道，非吾所謂道，亦只貽魔以口實而已。

八十五、唐代有國父之稱

唐中宗時，御史大夫竇懷貞，娶韋后乳母王氏為妻，自稱皇后阿奢，時人呼之曰國奢，懷貞處之不怍，居之不疑也。案奢即爹字。十八世紀末，華盛頓建國於新大陸，後人思其德，稱曰國父，尊之也。豈知一千二百年前已有國爹矣，爹即父也。

皇后亦稱國母，字面似與國父相連屬，然意義則相差甚遠，不可以道里計。國父云者，乃國家由斯人而產生之意，繼其後者必不許承襲此尊號，蓋不可無一不能有二也。國母則不然，此母字乃母儀天下之母，儘可以世襲罔替，千古之皇后，皆可以稱之曰國母。

殖民地稱其本國曰母國，學生稱其畢業之學校曰母校；此一母字，與國母之母又不相同；殆有身所自出之意。至於僑居國外之民，稱其本土曰祖國，此一祖字，用意又微有不同；蓋謂吾祖宗所居之國，田園廬墓之所在也。

竇懷貞供人作笑料而以國奢稱，自賤而已，無關宏旨。但必不能僭稱曰國父。爹之與父，字義雖可通，而意義則異殊矣。

八十六、武則天有寬宏大度處

人皆知唐武后乃一心狠手辣之婦人，而不知其寬弘大度處有非男子之所能及，此其所以為英傑也。光宅元年，徐敬業等之檄文露布後，后見之，問曰：「誰所為？」左右答曰駱賓王。后曰：「此宰相之過也，有才如此，乃使流落不偶耶？」試思駱賓王所草之檄，不但痛罵，而且醜詆；驀頭第一句即曰，「性非和順，地實寒微」，八個字，其後曰「穢亂」，曰「狐媚」，皆婦女所最不樂任受之評語，聞之鮮有不勃然震怒者。而當事人居然沈得住氣，且立刻連想及進賢使能乃宰相之責，此豈盛怒之下所能計及哉？

長壽元年五月，武后禁天下屠宰。右拾遺張德生男三日，私殺一羔羊以讌同僚。補闕杜肅，竊懷一臠，上表告密。明日太后視朝，謂德曰：「聞卿生男，甚喜。」德拜謝。又曰：「從何得肉以讌嘉賓？」德叩頭服罪。又曰：「朕禁屠宰，吉凶不預；然卿自今召客，亦須擇人。」出肅表示之。肅大慙，舉朝皆欲唾其面。

神功元年五月，武后謂鳳閣侍郎王方慶曰：「卿家多書，合有右軍遺蹟。」方慶奏曰：「臣十代再從伯祖羲之書，先有四十餘卷，貞觀十二年，太宗購求，先祖並已進訖，唯有一卷現在。今進臣十一代祖導、十代祖洽，九代祖珣，八代祖曇首，七代祖僧綽，六代祖仲寶，五代祖騫，高祖規，曾祖褒，並九代三從伯祖晉中書令獻之已下二十八人書，共十卷。」上御武成殿示群臣。謂方慶曰：「此卿家世守，朕奪之不仁。」乃命善書者廓填成卷，而以墨蹟還方慶。即世所傳《萬歲通天帖》是已。朱彝尊謂卷用自麻紙雙鉤書，鉤法精妙，鋒神畢備，而用筆濃淡，不露纖痕，正如一筆獨寫。洵異寶也。

以上所舉，第一事具見沈著，第二事具見度量，第三事具見坦懷。苟非涵養工夫做到爐火純青時，不能有此，誠異人也。

八十七、慈禧有十六字尊號

上尊號於帝者，由來遠矣，至於功臣而有賜號，則始自唐德宗。朱泚之亂，德宗幸奉天，（縣名，在陝西省，唐置，元廢）。興元元年四月，詔奉天隨從將士並賜號以褒之，是為賜功臣號之始。五代因之，宋太祖又因之。宋初三宰相，（范質、王溥、魏仁浦）並冠以「推忠協謀佐理功臣」之號。熙寧六年四月，文彥博罷樞密使，判河陽，仍改賜「推忠宣德崇仁保順協恭贊治純誠亮節守正佐運翊戴功臣」二十二字之賜號，此為最多矣。

功臣賜號，宋以後此制已不復行，唯帝后之尊號，則相沿以至於清季。孝欽太后，猶有「慈禧昭懿」等十六字之尊號也。是以當時有「垂簾廿餘年，年年割地。尊號十六字，字字欺天。」之謔語。

興元元年春正月癸酉朔，德宗在奉天行宮受朝賀，詔曰「……乃者公卿百僚，用加虛美，以『聖神文武』之號，被蒙暗寡昧之躬。固辭不獲，俯遂群議。昨因內省，良所瞿然。自今以後，中外書奏，不得言『聖神文武』之號。」此言真可以媿後世之為人君者。

八十八、戰爭亦可促進文化交流

戰爭之結果足以摧毀文化，夫人而知之矣。即以中國史而論，每一次變亂，圖書典冊之毀滅者幾何，鐘鼎彝器之毀滅者幾何，宮室園囿之毀滅者幾何。凡此皆屬永不能回復之損失，常令人掩卷而長歎者也。試就銅器一種言之，清潘祖蔭《攀古樓彝器款識・自序》曰：「自周秦以至南宋，古代銅器，凡經六厄，《史記》曰：始皇鑄天下兵器為金人，兵者戈戟而器者鼎彝。此一厄也。《後漢書》曰：董卓悉取洛陽及長安鐘簴、飛廉、銅馬之屬鑄小錢。此二厄也。《隋書》曰：開皇九年四月，毀平陳所得秦漢三大鐘，越三大鼓；十一年正月，以平陳所得古物多為禍變，悉命毀之。此三厄也。《五代會要》曰：周顯德二年九月，敕兩京諸道州府銅象器物諸色，限五十日內並須毀廢送官。此四厄也。《大金國志》曰：正隆三年，詔毀平遼、宋所得古器，此五厄也。《宋史》曰：紹興六年，斂民間銅器，二十八年，出御府銅器一千五百事付泉司。此六厄也」云。此猶是犖犖大端之六事也，其間以國用不足或改鑄泉幣而隨時銷毀者尚不知凡幾，吁，可傷也！又清末鼓鑄銅元，以古代制錢二枚鑄一枚，其利為百分之八十，遂大量銷毀。民十以後，復大量出國境。猶記小時，每日過手者盡宋元明清之制錢，開元、乾符，亦所常見，五銖猶間或見之，而今亡矣。

戰亂之足以摧毀文化，誠是矣，然而因匯通而促文化之發達，其功則亦甚偉。如公曆紀元前第四世紀，亞歷山大王東征，其顯著之結果則直接影響希臘之美術，而間接影響中國之音樂。又公元前半世紀，羅馬之征埃及；十八世紀末拿破侖之征埃及；歐洲文化得此二役之供獻誠亦淺鮮。又自十一世紀末第一次十字軍初起，至十三世紀末第七次十字軍終了（一〇九六－一二七二），前後亘兩世紀之糾紛，就戰爭之本體言之，可以謂之無甚意義。然而中亞文化傳入歐洲，端賴斯役。他勿具論，即如亞剌伯之十碼字，其有裨於歐美科學之發達，豈淺也哉。如曰「1944」，若以羅馬字書之應作「MCMXLIV」。繁簡豈可以道里計。簡則布算易，布算易而各種科學乃作長足之進步，其理甚明。又如丁丑之役，中國西南諸省提前二百年開發，乃至五百年，此非戰爭之效乎？

八十九、歷史學要關乎全社會

家天下者，身死則傳諸子，傳弟者間亦有之，然非正常。唐虞之世則曰傳賢，是理想抑是事實，未可深考。近代之共和政制則用契約式，規定年限，是亦一法。《華陽國志》載李特為羅尚所殲，特弟流收有其眾，後又蹙於建平太守孫阜，李含勸流降。含子離、特子雄，謀襲阜，曰：「若功成事濟，當為人主，予兩人共之，三年一更代。」惜李離之政策未實現，否則又是一種辦法。

群居動物，最初必是弱者，猛獸則不群也。但群居何以能轉弱為強，其法不外以各個體作為全體上之一細胞，合之則變為龐然大物，足以禦外侮。然而此法必須有一神經總樞，運用乃得靈敏，此元首之所由起也。自雄長制以至於選舉制，方法雖不同，要之以產生一元首為究竟，其揆一也。若問果以某種方法為最善，則難言矣。神經系統誠須一中樞，但生命仍繫於細胞。若細胞健全，使神經不至於錯亂，則李離之法亦未嘗不可行。

《華陽國志》於每一地方必詳敘其地理山川、人文風俗、氣候物產及距離洛陽之道里，與歷代史之概以帝室為中心者異殊。他勿具論，吾儕讀其人物志竟，當即能感覺地理與人文之關係。如楊雄、司馬相如、王褒等大文學家皆產於蜀郡；而張騫、李固、楊王孫等奇特之士皆產於漢中。諸如此類，與閒嘗讀歷代史只感帝室之興亡，而於社會風俗了無所感，氣候物產更無論矣。此無他，亦

九十、君臣有諧謔

君臣之間，態度固屬莊嚴，然亦間雜以諧謔。《南史・張融傳》：「融假東出，齊武帝問融住何所。答曰，臣陸處無屋，舟居無水。後上問其從兄緒，緒曰，融近東出，未有居止，權牽小船於岸上住。上大笑。」一有楊柳風流之兄，乃有此幽默不羈之弟。

紀文達悼亡，假滿陛見，清高宗問曰，卿當有哀艷之作。文達曰，然。帝曰，可得聞乎。文達乃朗誦〈蘭亭序〉夫人之相與一段。只將陽平之「夫」字讀作陰平，遂成「夫人」。賜誦至「取諸懷抱，晤言一室之內」，高宗已仰面大笑，聲震屋瓦矣。

黃幡綽嘗侍玄登苑北樓，遙望渭水，見一人醉臥水濱石。上問曰，是何等人，涉險乃爾。左右以不知對。綽曰，應是個年滿典史。上曰，何以知之。對曰，只一轉便入流矣。上大笑。

更有簡雍之於劉先主，謂此男子身有淫具，指為意欲行淫之證，擬請縶付有司。晉元帝之謂殷羨曰，此事豈可令卿有功耶。均屬詼諧可喜，已見前文，茲不復贅。

九十一、運河之功用大矣

中國之長城與運河，世界知名，為歷史上有數之大工程。築長城之動機至為嚴重，國家之興替、民族之生存，實利賴之。迨事過境遷，竟成廢物；更無分毫之價值繫其存亡。至於開運河之動機則至為輕鬆，無關大體。迨事過境遷，而價值乃日著而日隆。斯亦事功之未許評定於當時者矣。

南北河流之於人類社會，其功績之遠大，不止百十倍於西東，試將埃及之尼羅河，巴比侖之泰格里斯河，與印度之恆河一比較；又將北美洲之密士瑟必河，與南美洲之亞瑪遜河一比較；其歷史上之地位，有未可同年而語者矣。此實緣南北流之河，上游氣候之與下游，相差甚大；氣候不同，則農產品與人民之日常生活亦因而各異。相助相需，相師相習，文物自隨而變化。若流亙西東，則上下游之氣候，相去不遠。農產與日常生活，無甚差殊。利賴只在交通，相師相資，未見其大。價值之不同以此。

中國地形，西崇山而東臨大海，故河流之缺點，有如上述。是以運河之作用，實功參造化。在海運未開、鐵路未築之先，我國人食運河之賜者垂千二百有餘歲。若繼續整頓而濬發之，其利更可以垂至無窮。蓋運河之作用，非只便於交通已也，農田水利，實利賴之。即以運輸而論，若無時間

九十二、泰山頂上之無字碑

古代器物，有文字者易識別。雖無文字而有花紋者，猶可鑒可其大概。若既無文字，又無花紋，則每多蒙混矣。此非謂作偽者之有意蒙混，但有時明知其為古物而不得主名，因疑似而武斷之，以訛傳訛，往而不復，是誠可歎。即如泰山絕頂之無字碑，至今猶多認為秦碑者。即以王世貞之博雅，其〈泰山遊記〉曰：「絕頂玉皇祠前有石柱，方而色黃，所謂秦皇無字碑也。其石質殊非本山所有，或曰中藏碑而石冒之」云云。唯顧炎武《日知錄》辨之最詳，其言曰：「嶽頂無字碑，世傳為秦始皇立。案秦碑在玉女池上，李斯篆書，高不過五尺，而銘文並二世詔書咸具，不當又立此大碑。因取《史記》反覆讀之，乃確知為漢武帝所立。《史記・秦始皇本紀》云：『上泰山，立石封祠祀。』其下云：『刻所立石。』是秦石有文字之證，今李斯碑是也。又《漢書・封禪書》云：『東上泰山，泰山之草木葉未生，乃令人上石立之泰山巔，上遂東巡海上，四月，還至奉高，上泰山封。』而不言刻石，是漢石無文字之證，今碑是也。《後漢書・祭祀志》亦云：『上東上泰山，乃上石立之泰山巔。』然則此無字碑為漢武所立也明矣。」此一段記載，最為明晰。王世貞謂石質非本山所有。信然。余亦嘗為此言，其必為他山之石，可無疑義。君主萬能，不其然哉。歐洲人謂埃及金字塔尖之石，不審以何等起重機移置其上。蓋謂未有機械之先，幾疑非人力之所能為。

此特未見泰山頂上之無字碑耳。石高逾丈，徑約四尺正方，不知何處移來，置於海拔四千二百尺之高峰上，斯亦可驚也已。

九十三、荔支移至北方而枯

元鼎六年，孝武定南越，移熱帶植物如荔支、龍眼、椰子、桄榔等至西京，建扶荔宮以養之。荔支尤所鍾愛，凡數百本，是以宮名扶荔。翌年而荔支槁，再移再槁，僅保一本，然不花無實，帝愛護之如故也。更越數年，此僅存之一本亦死。帝大怒，殺司其事者數十人。（見《三輔黃圖。》）

宰夫胹熊蹯不熟，殺之，猶可言也。蓋蹯之不熟，人也，而樹之不活，天也。宰夫有使熊蹯必熟之可能，而長安之園藝專家，必無使荔支久生之把握。荔支之姿勢，略如北方之楡與槐，太合抱，高可四五丈。在枝幹未發育時，講求冬藏法，為之築室，保持熱帶之溫度，未嘗不可以向榮。大逾尋丈，則人工已不能為力矣。數年而荔支死，天也。以數十人之性命為之殉，不亦冤乎。此之謂不求甚解。

九十四、人定勝天全在定字

「人定勝天」，原非謂天特具一種好勝之心腸，必欲勝人以為快也。亦非謂世人知天之將不利於己，乃率其倔強執拗之癖性，而必欲勝天以為快也。天何言哉。天只是冥冥漠漠，隨四時之遞嬗，寒暑之遷移，晝夜之更迭，順其自然而已。天何言哉。天固未嘗以機械心加諸人也。

北魏太祖武帝討後燕慕容麟，以甲子晦日進軍。太史令晁崇奏曰：「昔紂以甲子日亡，不宜出師。」帝曰：「周武豈不以甲子日興乎。」崇無以對，遂戰，大破燕師。

此真乃人定勝天之好模範矣。其作用不外釋群疑，堅信念，釋疑則不惑，不惑則元氣不餒。堅信則志一，志一則精神集中，元氣盛而精神集中。則可以無堅不摧，無往不利，如斯而已，此太公所以焚龜折蓍也。唐太宗曰：「行兵苟便於人事，豈可以避忌為嫌疑？」是真徹底明瞭人定勝天之意義者矣，斯亦太原公子之所以成功也。

「人定勝天」四字，人天二字乃名詞，而定勝二字則為動詞。若滑滑讀過而不細察，每多側重在勝字上：謂勝之則可以耀吾武矣。實則此語之精神全在一定字。定乃意志堅定之謂，必意志堅定，而精神乃得集中。西哲有言曰：機會之神，前額有長毛一綹，而後腦光滑，欲執之必須迎面，過去則無可扳援矣。自是至理。機會何時蔑有，只是過而不留，天未嘗靳人之機會也。只因世人漠

九十五、七年戰爭

世界史之所謂七年戰爭，乃普、奧間之戰爭也。先是奧國欲收復西利西亞（Silesia）失地，聯俄、法與普魯士戰。普亦聯英以拒之，此一七五六年事也。其後因北美殖民地起騷動，英無暇兼顧，而俄法亦以事中變，普、奧各不能以獨力支持戰局，遂以德意志之王位繼承問題為結束。一七六三年，奧與普平。史家以斯役之頭緒紛煩也，乃因搆兵之歲月而籠統稱之曰七年戰爭。

秦二世元年壬辰，（公元前二〇九）陳勝、吳廣首難，劉邦、項梁等舉兵應之。漢五年己亥，（公元前二〇二）項羽敗於陔下，漢王即皇帝位。是漢之興也，其間恰為七年。

隋大業十二年丙子，（公元六一六）李密發難，李世民與劉文靜謀建義旗於太原。唐武德六年癸未，（公元六二三）劉黑闥平。是唐之興也，其間亦恰為七年。

一七七六年，北美十三州共同發表《獨立宣言》。一七八三年，英國承認北美合眾國獨立。是美之興也，其間亦恰為七年。

以上所列舉，兩見於西洋史，兩見於中國史。若漢之興、唐之興、美之興，皆世界史上之犖犖大事，戰役悉為七年。自餘局部小戰爭恰符七年之歲月者，未或必無，然亦可以勿論矣。

民國二十六年丁丑之役，至三十三年甲申，其間亦恰已七年。若天心之厭亂，其亦應結束已夫，企予望之。甲申四月三日寫記。

九十六、四種個性皆可取法

燕伐齊，圍即墨，劓其附郭之民而釋之，齊人恐懼，愈堅守不敢出。田單更使人播流言於外曰：即墨城固，可作久戰，所患者燕人發我郊外之叢塚，戮辱先人耳。燕人聞之，乃掘其邱墓，燔其屍骨。即墨人自城上望見，哭聲動地，亟欲開城決死戰，制之不能止，遂一鼓而復七十城。人但稱田單之火牛戰術，觀察猶落下乘。

「玩物喪志」，殆惡其以不急之務費時失事也。狗馬聲色之慾，墮人家國，不知凡幾。即如世之收藏家，巧取豪奪而為盛德累，或因而賈禍者不知凡幾，可為寒心。晉安帝時，劉裕為侍中尚書，殷仲文以朝廷樂律未備，言於裕，請治之。裕曰：「所事尚日不暇給，且音樂之道，性所不解。」仲文曰：「好之即自解。」裕曰：「正以解則好之，故不習耳。」此真豪傑之士所以異於常流也，集中精神，不為外慕，有所不為之意義，其在斯乎。

宋明帝即位，捨湘東王藩邸為梵宮，名曰湘宮寺，備極壯麗。新安太守巢尚之罷郡入見，上曰：「卿至湘宮寺未？此是我大功德，用錢不少。」時通直散騎侍郎會稽虞愿侍側，曰：「此皆百姓賣兒貼婦錢所為，佛若有知，當慈悲嗟愍，罪高浮圖，何功何德。」群僚失色。上怒，令驅逐下殿，愿徐去無異容。

赫連勃勃，以叱干阿利有巧思，任為將作大匠。阿利殘忍無人道，烝土築統萬城，若錐入一寸，即殺作者。又督造兵器，每成一宗，工匠必有死亡。射甲不入則斬弓人，入則斬甲匠。

以上四事，拉雜率書。若田單之機智，劉裕之勝概，虞願之戆直，阿利之殘忍，四種個性，生逢亂世，或師或戒，皆可取法。

九十七、良知良能之根本

李勣嘗語人曰：「余年十二三時為無賴賊，逢人便殺；十四五為難當賊，有所不愜則殺人；十七八為佳賊，臨陣乃殺敵；二十為大將，常用兵以救人於死。」英雄自白，毫不隱瞞，的是快人快語。勣出東人，隨太宗平定宇內，厥功最偉。晚年更屢立邊功，宣揚國威。貞觀四年破突厥，二十年破薛延陀。總章元年平高麗，年已八十矣。以八十老翁，而竟隋煬帝、唐太宗欲竟未竟之功，勿論戰略，即精力不已可驚耶？唐之開國武臣，論功業之偉，福命之厚，唯勣為最。

總章二年冬，勣卒，國葬，其家乃模範陰山、鐵山、烏德鞬山之形勢，用旌其破突厥薛延陀之功云。飾終之典，千古無此光榮，勣長子震，早卒，震子敬業襲爵。

勣本姓徐，以屢從太宗立戰功，賜姓李。討武曌之徐敬業，其長孫也。光宅元年，敬業舉兵於江都，謀匡復皇室，問計於盩厔尉魏思溫。溫曰：「明公志在匡復，兵貴神速，即宜北渡淮，直趨東都，則山東將士，知明公舉勤王之義師，必靡然景從，天下事可傳檄定也。」敬業欲從其策。薛仲璋說之曰：「金陵地方，有大江之險，可以自固，宜先立根本，然後率兵北上，實為良策。」敬業以為然。乃自率兵四千南渡襲潤州。魏思溫聞之，歎曰：「大事去矣。」

徐敬業稱兵之動機，原是效忠唐室，仲璋乃教以偏安，所趨異殊，宜其一敗塗地矣。其志可嘉，不媿見乃祖於地下，但謀略則相差甚遠。

勳雖不讀書，然受民族遺傳性之薰陶則甚深，故能識大義，知大體，試觀為姊煮粥而焚其鬚，曰：「非為無人使令也，顧姊老，勳亦老，雖欲久為姊煮粥，其可得乎？」藹然如孺子，殊不粗豪，此殆稟賦於民族遺傳，成為良知良能，有不待乎教育者矣。勳寢疾，上悉召其子弟在外者使歸侍疾，上及太子所賜藥，勳必餌之；子弟為之迎醫，皆不聽進。曰：「吾本山東無賴子，遭值聖明，位至三公，年將八十，亦復何求，修短有期，豈復能就醫工以求活？」觀於上及太子所賜藥，必餌之；深明大體，何媿通儒。試思年甫十二三，即持刃以殺人越貨，何嘗一日獲得受教育之機會。孟子曰：「不學而知者，其良知也；不學而能者，其良能也。」但良知良能之根荄又安在，豈非民族遺傳之潛勢力乎？嘻，尚矣！

九十八、武則天之嫉妬

唐武后託言僧懷義有巧思，故使入禁中營造。補闕王求禮上表，謂「太宗時有羅黑黑者，善彈琵琶，太宗閹為給使，使教宮人。陛下若以懷義有巧性，欲留在宮中驅使，臣請閹之，庶不至於污亂宮闈。」表寢不出。表寢不出者，即清代之留中不發也。王求禮誠不解事，然而質直可喜，但與本官之名稱不符。

垂拱二年，蘇良嗣遇僧懷義於朝堂，懷義偃蹇不為禮。良嗣大怒，命左右猝曳，批其頰數十。懷義訴於太后。太后曰：「阿師當於北門出入，南牙宰相所往來，勿犯也。」不以此事興大獄，是誠意外，豈所謂「偷生鬼子常畏人」者耶？然亦足見武后之大度。（參觀本集八十六節）。

然而觀於對待王皇后、蕭淑妃，則又見其極度之狹隘褊淺矣。永徽六年，武后囚王皇后、蕭淑妃，各杖一百，斷去手足，投酒甕中，曰：「使二嫗骨醉」，數日乃死，更斬其首。皇后初聞宣敕，再拜曰：「願大家萬歲，昭儀承恩，死自吾分。」淑妃罵曰：「阿武妖猾乃至於此，願他生我為貓，阿武為鼠，生生扼其喉。」由是宮中不畜貓。淑妃之咒詛及武后之不畜貓，實女子心理之最真表現，具見眉嫵。

蕭淑妃與王皇后既死，武后數見之，被髮瀝血，如死時狀。心甚惡之，遷居蓬萊宮，見如故，乃徙居洛陽，終身不復歸長安。英雌亦復有是舉，此女子之所以為女子也，亦具見眉嫵。

嫉妬乃女子天性，然只是對於同性發動，於異性即或有所觖望，亦只遷怒於同性而已。此所以對於張德、王方慶、王求禮等只見其敦厚，而對於王皇后、蕭淑妃則殘酷無人道，性欲使然也。余嘗謂女性恆趨兩極端，其慈祥也非男子所能及，其兇狠也亦非男子所能及，固也，然而猶未徹底。實則所謂兩極端者仍是一端，其殘酷之程度壹視溫婉之程度為準繩。譬諸對於一異性嘗用五十分之柔媚以溫存，若一旦觖望，而同性之情敵落其手中，則報復之殘酷亦只五十分。若對於一異性之可人，嘗用百分之溫婉以獻媚，若一旦觖望，其報復情敵所用之殘酷手段亦必百分。故曰兩端只是一端。若是乎冷若冰霜者之終屬可人也。無凍餒之民，亦無富厚之家，乃為樂土。

九十九、罪己與責人

武后殺唐宗室殆盡，而來俊臣、索元禮、周興、侯思止等，又復從而助虐，刑戮大臣，任意推鞫。由是人人自危，每有入朝而密遭掩捕者。是以朝臣入值，輒與家人訣，曰：「未知得復相見否。」又舒州刺史許王素節被羅織，徵詣行在，素節發舒州，道聞喪家號哭，歎曰：「病死何可得，乃更哭耶。」即此二人，即此二語，已能將當時社會不安之心理描寫盡致。《論語》常以「邦有道」「邦無道」二者對舉，「有道」「無道」之間，其界安在？「有道」云者，即國有常刑，使懷刑之君子得以安其素。《傳》曰，「淫刑以逞，誰則無罪，」是以三章約法即足以安天下。此無他，蓋以其具體而使人知所適從也。若以抽象之文辭作罪案，任意羅織，則人人自危矣。「危」與「安」乃對待名詞，此非所以安天下也。

周世宗詔群臣極言得失，中有二語曰：「若言之不入，罪實在予；苟求之不言，咎將誰執？」古帝王求極言直諫之詔書亦多矣，未見有如此二語之切實者。蓋罪己之詔與廣求直諫，皆是片面的，片面不成理由；無理由之例行公事，效亦僅矣。若周世宗此二語則是相互的，功罪維均；罪己與責效他人，同時並舉，且互相維繫，豈徒託空言之可比擬哉？是以王朴之〈籌邊策〉得以乘時而出，此一篇洋洋大文，非唯周世宗賴之以定淮南，即宋太祖之平江南實利賴之。天下之萬事萬物總

一〇〇、儇薄子之於情婦

至元二十三年三月，詔集賢直學士程文海拜御史，行御史臺事，往江南博採知名之士。文海薦趙孟頫、葉李等數十人，而以謝枋得為首。德祐中，枋得以江西招諭使知信州，國變後遁居閩中。遺書文海曰：「大元制世，民物一新；宋室孤臣，只欠一死，」云云；堅不赴詔。二十五年，尚書留夢炎復以枋得薦，枋得遺書夢炎曰，「吾年逾六十，只欠一死，豈復有他志哉。」二十六年，福建行省參政魏天祐，執謝枋得至燕，枋得問太后攢所及瀛國公所在，再拜慟哭，已而疾甚，遷憫忠寺。留夢炎使醫持藥並食物造之，枋得擲之於地，不食五日死。先是，朝廷命江西行省蒙古岱召枋得，執手相勉勞。枋得曰：「上有堯舜，不妨下有巢由，枋得名姓不祥，不敢赴召」。岱義之，不相強也。謝疊山之文章志節，可稱完人。

元世祖嘗問趙孟頫以葉李，留夢炎優劣，孟頫對曰：「夢炎臣之父執，其人厚重，篤於自信，好謀而能斷，有大臣器。葉李所讀之書，臣皆讀之；其所知所能，臣皆知之能之。」帝曰：「汝以夢炎賢於李耶，夢炎在宋為狀元，位至丞相，當賈似道誤國罔上，乃依阿取容；李以布衣伏闕上書，是賢於夢炎也。汝以夢炎為父執，不敢斥其非，可賦詩譏之。」孟頫所賦，有「往事已非那可說，且將忠直報皇元」之句。帝歎賞，而夢炎銜之終身。

余於此事發生幾種不同之感想：再醮婦終不得抬頭於戚友間，一也。元世祖之命趙孟頫吟詩，與清高宗入洪承疇於〈貳臣傳〉同一作用。所謂儇薄子之於情婦，未到手則不願其罵我，既到手則又欲其罵人，二也。詩乃陶寫意志之工具，意至即吟，意盡即止，庶幾可得佳構。意未至而動筆，是曰無病呻吟；意既盡而不停，是曰畫蛇添足。應制詩已屬無聊，以其非自己之意志也，況承旨詩乎，三也。奉廷旨使罵一長輩，不能不罵，更不敢不罵。以唱隨而兼唱和之趙松雪，管夫人豈肯強人以所難，此次應是松雪翁生平第一窘事，四也。松雪翁此詩乃竟有人欣賞，然亦只可供蒙古大帝之欣賞而已，五也。

一〇一、郭守敬治水

至元二十八年十二月，郭守敬條陳水利十有一事。其一，即大都運糧河，不用一畝泉舊源，別引北山白浮泉水，自昌平西折而南，經甕山泊，由西水門入城，環匯於積水潭，復東折而南，出南水門，合入舊運糧河。每十里置一閘，比至通州，凡為閘七。距閘里許，上重置斗門，互為提閼，以過舟止水。帝覽奏，喜曰：「當速行之。」於是復置都水監，俾守敬領之，以來春興役。帝命丞相以下皆親備鍤倡工，待守敬指授而後行事。

至元三十年秋七月，賜新開漕河名曰通惠。凡役工二百八十五萬，用楮幣百五十萬錠，糧三萬八千七百石，木石等物稱是。置閘之片，往往於地中得舊時磚木，人以此服郭守敬之精識。船既通行，公私兩便。先是，通州至大都五十里，陸挽官糧，歲若千萬，民不勝其悴，驢馬死者不可以數計，至是皆得免。帝自上都還，過積水潭，見舳艫蔽水，大悅，賜守敬鈔萬二千五百貫，仍以舊職兼提調通惠河漕運事。

上文所謂「比至通州，凡為閘七」，乃舉其大者言之，實不止此數。據《元史‧河渠志》，曾列舉壩閘之名。一曰廣源閘。二曰西城閘，凡二壩，上閘在和義門外西北一里，下閘在和義水門西三步。三曰海子閘，都城內。四曰文明閘，凡二壩，上閘在麗正門外水門東南，下閘在文明門西南一里。五曰魏村閘，凡二壩，上閘在文明門東南一里，下壩西至上閘一里。六曰籍東閘，凡二壩，在都城東南王家莊。七曰郊亭閘，凡二壩，在都城東南二十五里銀王莊。八曰通州閘，凡二壩，上壩在通州西門外，下壩在通州南門外。九曰楊尹閘，凡二壩，在都城東南三十里。十曰朝宗閘，凡二壩，上閘在萬億庫南百步，下閘去上閘百步。以此計之，則為閘十，為壩十六矣。逆流而上，置閘蓄水引舟行，現代巴拿馬運河即用此法。庸知七百年前，郭守敬已深知其意矣。《授時曆》之精密，已超邁前古：即此治河之科學技術，不亦太可敬也耶！

守敬又言，於澄清閘稍東，引水與北浿河接，且立閘於麗正門西，令舟楫得環城往來，志不就而罷。（見《元史・郭守敬傳》。）此事殊可惜，北京城若多此一河，不知增加幾許美麗。案元之麗正門，即今之正陽門。所謂澄清閘者，或即西城閘之第二壩。又元之大都即今之北京，城牆築於至元四年，而上都乃和林也。

此一段純科學知識之大工程，今所遺留之痕跡，唯積水潭與東便門外之二閘而已。

上文謂「置閘之虞，往往於地中得舊時磚木」，則前此亦既有治此河者矣。案今之北京即遼之南京、金之中都也。《金史・漕渠志》曰：滹沱諸水，會於通州，自通州而上，地峻而水不留，其勢易淺，舟膠不行，常須陸挽，人頗艱之。大定四年，山東大熟，詔移其粟以實京師。言者請開盧溝金口以通漕運，役眾數年而功不成。其後亦頗解置閘，但或通或塞，結果仍用車挽。泰和八年，通州刺史張行信言船自通州入閘，凡十餘日，方至京師。而官方僅支五日轉腳之費，請增給之。

大定十年，議決蘆溝以通京師漕運，上忻然曰：「如此則諸路之物，可徑達京師，利孰大焉。」命計之，當役千里內民夫。上命免徵被災區域之人民，且以百官從人助役。及渠成，因地勢高峻，水性渾濁。峻則奔流漩洄，齧岸善崩；濁則泥淖淤塞，積滓成淺，不能勝舟。上謂宰臣曰；「導蘆溝以入漕渠，惜未見功，若果能行，南路諸物，皆至京師，而價賤矣。」平章政事駙馬元忠曰：「請求識河道者按視其地。」卒以不能行而罷。

據此，則所謂「於地中得舊時磚木」者，應是金之工程遺跡矣。計自金世宗大定至章宗奏和，前後四十年而功不竟，郭守敬僅以一年半之歲月成之，此非學問之效歟。

一〇二、元朝之科舉制

元仁宗皇慶二年，敕中書省議行科舉，使程鉅夫、李孟、許師敬等議其事。鉅夫建言經學當主程頤、朱熹傳註，文章宜革唐宋宿弊，詔行之。自後三歲一開科，蒙古、色目人與漢人、南人各命一題，蒙古、色目人願試漢人、南人科目而中選者，加一等注授。

延祐二年春二月，會試進士，命中書平章政事李孟、禮部侍郎張養浩等知貢舉。三月廷試，及第者五十六人。分為兩榜，蒙古、色目人為右，漢人、南人為左。第一名從六品，第二名以下及二甲皆七品，三甲則為正八品，賜進士出身。

元代通稱西域民族為色目人，即唐兀、康里、畏吾、回紇，等三十一種族是也。蒙古即元之本族，漢人乃包括中原，及契丹、女真、高麗、諸民族，而所謂南人者。則淮河以南諸省及江南、嶺南是也。

案科舉精神，乃絕對的自由競爭，試題原不應有倚輕倚重之差別。若謂修養程度本不相同，而蒙古、色目及漢人、南人分各命一題，猶可言也。至若蒙古、色目人願試南人科目而中選者加一等注授，則最為無理。觀於「加一等注授」一款，則漢人、南人所試之科目較為深造可知。淺深有別而權利維均，已屬不公；加一等注授，尤屬不公。何不兼試騎射，而與經術、詞章之成績和合而四分之，則蒙古、色目與漢人、南人各有擅場，庶幾可免不公之誚。

然而此事，吾以為於促進西域民族同化中原，不無影響。當日之科舉大綱，既採納程鉅夫等所擬議，經學宗程朱傳註，復有「加一等注授」之特權以歆動之，利之所在，誰不趨承。若更力求深造，至可以應試漢人科目時，則出身之途徑加人一等矣。自延祐肇興科舉，共計舉行十五六次，每試色目人之第進士者，多則數十人，少亦十數人，其間不少知名之士。或曰：色目人中如貫雲石、迺賢、丁鶴年等文學知名，未嘗出身科舉。然也。但科舉為一事，學問又別為一事。不見得學者皆出身科舉而出身科舉之盡為學者也。科舉雖未必能濬發人民之學問，然科舉足以誘導人民入於讀書之途，誰亦不能否認，讀書即學問矣。顧嗣立曰：「自科舉之興，諸部子弟，類多感勵奮發，以讀書稽古為事。」此非其效歟。（見《元詩選》。）

一〇三、纏足與後宮干政

以母后而使國政起大波瀾，史不絕書。如漢之呂后、晉之賈后、北魏之馮后、胡后、唐之武后、韋后、其尤著也。宋以後，則寂寂無聞矣。其在北宋朝，雖有真宗之劉后、英宗之高后、哲宗之向后，亦嘗一度臨朝，然只是以幼子嗣位，不得已而垂簾聽政耳，非武、韋、馮、胡之比也。考劉、高、向三后垂簾之日，政局並未嘗因此而起微瀾，斯可知矣。若而入者，攝政只是發於母愛性，非政治野心也。終南宋之世，除懷抱帝昺辭廟出亡之楊后外，后妃之干涉朝政者無一焉。若光宗之李后，不過家庭牝雞，偶學司晨。於國政無關，曾不足數。至於元，則有太宗之尼瑪察后及定宗之烏拉海額錫后，兩度稱制，國政紊亂。有明一代，二百七十餘年間，閫內之政，未嘗越軌。下逮清季，而復有一那拉后。

溯自漢高帝統一禹域以至於清末，二千一百有餘歲，彼歷史之所以昭示吾儕者有如上述。其間宋明兩代，國祚共約六百年，而后妃之德，幽嫻乃超邁前古，其故安在。最堪注目者，厥為元清錯雜於宋、明兩代之間，而迭見例外。

五代以後，女子裝束，無端而偏重於過分的右文，爭以荏弱為至美，崇尚纖足。流風所被，賢者不免。上自宮闈，下逮村姑，競相仿效。爭妍鬥巧，不惜自殘。愛美勝於生命，原是女子天性。

況世俗既以此相尚，更何卹焉。古來英雄事業，大率均由於壯強過贖之血氣所驅使，不能一刻閒；非覓一繁劇之事以消納之，難自安也。試觀歷代創業之主，於事定功成之後，猶復孜孜於巡狩、封禪、開邊等勞作，豈有他哉，只緣得天獨厚，所稟賦過人之精力，發洩於政治哉。

以上所云，是否有當，亦未自敢遽信。只因母后稱制之政治，至宋乃戛然而止。元復見之，入明又無聞焉，清復見之，殊令人不能無疑。由是偶連想及於女子纏足問題，而作此非非之假定。竊以為此假定，縱非主因，或亦可稱為複雜原因之一種，姑存以俟反證。

一〇四、三代政制非極軌

《兩漢博議》二十卷，陳季雅著。季雅浙江永嘉人，中淳熙進士。

其言曰：「沛公入關，蕭何獨先收秦丞相府圖籍文書，是何之陋志，不足法也。以是而輔創業之君，將何以復三代之治乎。故後世不復見古人之萬一者，秦變古之罪小，而漢襲秦之罪大也。」（卷一）。

又曰：「肉刑，三代之良法也。文帝變肉刑之制而為笞箠之令，三代遺意，至是掃地。」（卷二）。

又曰：「秦壞井田之法，總為阡陌，一頃一畝，無不周知。廢封建之法，罷侯置守，一郡一縣，無不具覺。與夫戶口、土地、官制、兵制之類，靡所不具。漢之所以得天下者，圖書之力也，其所以不及三代者，亦圖書之過也。蓋蕭何得此書便以為足，更不講明三代之治故也。」（卷四）。

又曰：「自秦壞井田，是以富者連阡陌，貧者無立錐。蕭何既不能抑民之兼并以還三代之舊，乃徇人為己之謀，買田宅以自污，豈不繆歟。」（卷四）。

又曰：「文帝有天資，無學識。故能憐女子而除肉刑，而不知笞法之尤重。大抵見善明而用心不剛，天資美而師學不正。」（卷五）

其持論大抵如此，更不列舉。

宋代學者，開口便稱三代，一似三代制度乃政治之極軌，雖更閱萬萬年亦無以尚之，究竟誰為極軌？若以夏之政制為極軌？則不應更有殷。以殷之政制為極軌，則不應更有周。誠以極軌云者，乃不可無一，不能有二故也。若謂殷之政治足以補夏之不逮，周之政治又足以補殷之不逮，則極軌者周而已，何得曰三代？若曰三代各有所長，合之則相得益彰。誠如是，則彼此均非極軌，誰也不配。

要而論之，夏不能繼續統治一千八百年之天下，使中間起兩次革命，則夏之政治未臻極軌，不容狡展。自古天下之亂，莫如戰國。戰國銜接三代，即三代之餘裔，而紛亂乃若此；則三代政治之必非極軌，不容詭辯。如曰，只緣七國君相，不守三代遺訓，以至於此。則三代政制之愈非極軌可知。若云極軌，自應縝密謹嚴，盛水不漏；使不逞之徒，無由反側。非唯不敢，抑亦不能。必如是，庶幾可稱為極軌。

三代政制，最足令人崇拜而心醉者，厥為井田。試問井田制度，果以何年何地何人曾施諸實行？吾儕所知，唯有孟子嘗勸告滕文公試辦。滕文公曾否照辦，成績何如，尚不得而知。即令當時曾經實現，更繼續以至於今日，則中國最少非有田五百萬萬畝不可。承平之世，人口增加率，約每二十五年一倍，將何以善其後。三代之國祚，夏曰四百，殷曰六百，周曰八百，齊齊整整，無須抹零，寧非滑稽。所云制度，只是一種理想政制而已。後之學者，動輒以取法三代為當行，何異癡人說夢哉！

李斯乃中國大一統之第一任大宰相，其人固荀卿弟子，得傳儒家道術之正宗者也。蕭何入關，諸將注目於子女玉帛，而蕭何獨先收秦丞相府之文書圖籍，此乃何之識見超人一等處。漢之開國規模，實利賴之。試思阡陌隴畝，無不周知；一郡一縣，無不具察；戶口土地，官制兵制，靡所不具。治術若此，誰復得而議其非。文帝之除肉刑，不媿仁政。其動機實發於仁心仁聞。笞而死，乃執行者之不善，豈得以此罪文帝。而乃必欲睹滿街缺鼻子、丟耳朵、拐腿之人以為樂，咨嗟太息於三代遺意因除肉刑而掃地以盡，是何肺腸？孔子，聖之時者也，假令孔子壽比南山，至南宋而猶健在。吾敢信其必不固執井田制度，而以割取他人之鼻子、耳朵及生殖器為刑法也。「聖之時者也」，「隨時之義大矣哉」。既自命為聖人之徒，此則最宜注意以求甚解。

一〇五、治河之策

孟子曰：「瀹濟、漯而注諸海，決汝、漢，排淮、泗，而注之江。」可見當時濟、漯大抵通九河而入海，汝、漢、淮、泗則入江。隨後則唯漢入江，淮則入海，而汝、泗入淮。今則淮又入江矣。淮入江，則汝、泗自隨而入江矣。崑崙東麓，萬壑爭流，江、淮、河、濟是曰四瀆，眾水之所歸也。數千年來，唯江、漢不遷，河與淮則變遷無定。宋時，黃河奪淮，淮改道南行，衍為洪澤湖而入江：是則淮之遷乃受河之迫也。黃河經沙漠伏流而東下，水質含沙之量多於江漢，愈東則流愈緩，緩則易於沉澱，歲月既久，河道遂成仰盂，東西高而中窪下，流愈不暢，不暢則淤積愈甚，是以河之頻頻改道，勢使之然，非得已也。至於近年，河與淮合，奪運河而入江，則半由人事，又當別論矣。

治河之策，一曰因其勢而利導之，夏禹是也。二曰築隄堰以防其泛濫，自漢以來所用之技術是也。三曰於下游入海處，束之使狹，用以助長奔流之速率，美國之治密士失必河是也。河流去源愈遠，其勢愈緩，沉澱愈多，已如上述，唯束之可以長其勢。譬如河之入海處廣一里，若束之成為一千丈之河面，則水流之速率增加三之一。細沙可以不沉澱矣。若束之為五百丈，則速率增加三之二，較粗之砂亦可以不沉澱矣。中國治河，堤防築於腹地，河南境內，無處而非堤防。美國治河，

一〇六、家國之分

子路問曰：「管仲不死未仁乎？」子曰：「如其仁，如其仁。」子貢問曰：「管仲非仁者歟？」子曰：「微管仲，吾其披髮左衽矣。」讀此兩段問答，得見孔子之於管仲，可謂推許備至。程子乃大不謂然。其言曰：

小白，兄也，子糾，弟也，管仲私於所事，輔之以爭國，非義也。小白殺之雖過，而子糾之死實當。管仲始與之同謀，遂與之同死可也。知輔之爭為不義，將自免以圖後功亦可也。故聖人不責其死而稱其功。若使白弟而糾兄，管仲所輔者正，白奪其國而殺之，則管仲之與白，不可同世之讎也。若計其功而與事白，聖人之言，無乃害義之甚，啟萬世反覆不忠之亂乎。如唐之王珪、魏徵，不死建成之難，而從世民，可謂害於義矣。後雖有功，何足讀哉。

此宋儒之迂腐也。雖對於孔子之言，亦拿出一副講學大師面目，作心懍然不可犯狀。「從一而終」、「餓死事小，失節事大。」就是這一群先生創造出來，後世執此以非難儒術，孔子不任受也。

尹起莘之《通鑑綱目發明》，有論魏徵不死難一段，亦舉管仲與魏徵相比擬，反覆辯論，讀書之佳境也。尹字耕道，亦宋代學者。其略曰：

建成、世民、王珪、魏徵，皆唐高祖之臣子耳。高祖使之佐建成，若建成失德，則王魏當受不能輔導之責。若藩王交鬥，則固有高祖在焉。若僚屬必欲各死於其所事者，是大亂之道也。大抵東宮與諸王府之宮屬，皆出於朝廷之所擢用，府僚之事藩王，與人臣事君不同。任是職者固當以君父為主，不得以所事者為主。若夫小白、子糾，均為公子，亦既出奔於外。襄公既歿，齊國無主，故小白、子糾立於對等地位，各君其君，各臣其臣，非若唐高祖高拱在上制命於一人之比也。是則王、魏非唯不能讐世民，料不當讐世民。

此論自是痛快，足以推翻程子之迂論而有餘。

「藩王交鬥，則固有高祖在焉。右僚屬必欲各死於其所事者，是大亂之道也。」此語最為深切。程子之責備王珪、魏徵，不啻搧動僮僕執挺以加入鬩牆械鬥，視家長如無有。把平日正色而道之齊家治國大學問忘得一乾二淨，吁，異矣。「襄公既歿，齊國無主，故小白、子糾立於對等地位。」此乃深明事理之言。程子以管仲、魏徵相提並論，未免昧於事理。

尹氏更有進一步之論斷曰：「唐武德之世，王珪為太子中允，魏徵為太子洗馬，是果誰之命耶。若出於太子之命，則太子其君也。若出於高祖之命而輔太子，則高祖其君也。萬一高祖或遷王、魏為秦王府僚屬，則將逆高祖之命而必欲盡節於太子乎。抑亦順高祖之命以其所以奉太子者奉秦王乎？又不幸而太子得罪於高祖而高祖誅之，亦將必死於所事而讎高祖乎？」此言乃根據受命以明君臣之義，可謂深切著明。

范祖禹對於此事亦有一段評論《通鑑綱目》引之，其言曰：「建成為太子，且兄也。世民為藩王，又弟也。王珪、魏徵受命為東宮之臣，則建成其君也。豈有人殺其君而可北面為之臣乎。以弟殺兄，以藩王殺太子而奪其位，太宗亦非可事之君矣。食君之祿而不死其難，朝以為讎，暮以為君，於其不可事而事之，皆有罪焉。臣之事君，如婦之從夫也，其義不可以不明。」此一段議論，亦是堅持從一而終之主旨，所以特別提出「臣之事君，如婦之從夫」為結論。但對於各關係人之地位，似難免有錯認之誚。須知王珪、魏徵，只是老太爺分撥在大少爺屋裡之丫頭，並非一獨立家庭之元配。乃責之以從一而終，不亦迂乎？至於秦王與太子鬩牆，又別為一問題，此事宜以政治眼光觀察，勿只以家族倫理繩之，家與國不得蒙混也。

齊家為治國之本，不過正心誠意以至於治平之過程，不得視家國為一體而公私不分也。唐高祖語秦王曰：「化為國由汝，破家亡身亦由汝。」家國不分，惡乎可。以平民搖身一變而為帝王者有之矣，化家為國，實為理論所不許。李淵粗人，未足與語於道，吾無責焉。大儒則不應如是。

桃應問曰：「舜為天子，皋陶為士，瞽叟殺人，則如之何？」孟子曰：「執之而已矣。」家國之分，應以斯言為最徹底。舜若欲全父子之道，只有拋棄帝者之地位，退而作家庭之一份子，竊負而逃，庶幾可以自全，欲兩全則無術矣。此一章書，何嘗不是經義，亦儒者之所習聞也，奈何忘

一〇七、傀儡皇帝與滑稽皇帝

帝王自稱為天之子，至尊無上，慣能以爵祿予人。及其季也，乃亦有人予之以爵位，此所謂天道好還者非耶？試將古來腼顏受封號之帝王，表列如左。嗚呼，循環往復，天道靡常；人亦有言，殷鑑不遠。

一、王莽封孺子嬰為定安公
二、曹丕封漢獻帝為山陽公
三、司馬炎封魏元帝為陳留王
四、劉聰封晉愍帝為懷安侯
五、劉裕封東晉恭帝為零陵王
六、蕭道成奉宋順帝為汝陰王
七、蕭衍奉齊和帝為巴陵王
八、陳霸先奉梁敬帝為江陰王
九、隋煬帝追贈陳後主為長城公

十、李淵奉隋恭帝為酅國公
十一、後梁朱全忠奉唐昭宣帝為濟陽王
十二、宋太祖奉後周恭帝為鄭王
十三、金主封宋徽宗為天水郡王，欽宗為天水郡公
十四、元世祖封南宋恭帝為瀛國公

其間唯後梁末帝友貞為皇甫麟所弒。後唐潞王從珂抱傳國寶登玄武樓自焚。後晉出帝重貴為契丹擄以北遷。後漢隱帝承祐為亂兵所殺。僅得免於受封。

此外尚有偏安之帝者如晉武帝封吳主孫皓為歸命侯，又封蜀後主劉禪為安樂公。宋太祖封蜀主孟昶為秦國公，又封南唐後主李煜為違命侯。諸如此類，難以枚舉，姑從略。

拜命開府，固世俗所視為莫大榮典，得之則有異於齊民者也。人誰不欲富貴哉，天爵、人爵之分，只是措大造謠，巧立名目，用以解嘲而已。庸詎知天道好還，封人者人亦封之；偏教苦樂異殊，在他人則視為貴顯，在彼則唯覺其跼蹐堪憐。除全無心肝之陳叔寶自憐無爵位而不願隨班入朝外，大抵自拜命受封之時，即開始偷度其以眼淚洗面之歲月矣。同是受封，同是爵位，而苦樂不均，乃如是哉，若而人者，余將名之曰「降級帝王」。

此等帝王，在未降級之先，或即所謂傀儡政權者是已。然而同是傀儡，但質料則頗有不同，約略可區為三種。有以昏庸懦弱，積漸而變為傀儡者，如漢獻帝等是已。其始也蔽於群小，紀綱目

紊；大權旁落，盜賊蠭起。權奸以清君側為名，恣睢跋扈。倒持太阿，以柄授人，一也。有因寡母孤兒，在勢不得不為傀儡者，如周恭帝等是已。世宗既歿臣下宣遺詔，命第四子梁王宗訓即皇帝位，生七年矣。主幼國疑，重臣是賴，勢所必然，二也。有特設以作傀儡者，如漢子之嬰，隋之恭帝等是已。居攝元年三月，王莽立宣帝玄孫嬰為皇太子，年甫二齡，安漢公莽攝行皇帝事。又義寧元年，李淵備法駕迎立代王侑，煬帝孫也，年甫十三。六月，代王即皇帝位於天興殿，遙尊煬帝為上皇，敕淵為尚書令大丞相，都督內外諸軍事，進封唐王，以武德殿為丞相府，改教稱令。若是者，利立幼主以自專，挾之可以令諸侯，所謂特設傀儡者，即為此而設矣。三也。製造傀儡之技術雖各有不同，唯質料略不出斯三者。

於禪讓之先，更有一種誥命，為傀儡皇帝所必宜有事者。初平十七年春正月，魏公操還鄴，天子命公贊拜不名，入朝不趨，劍履上殿，如九錫。又義寧二年正月，詔唐王淵劍履上殿，入朝不趨，贊拜不名，加前後羽葆鼓吹。此等誥命，千篇一律。舉此可以例其餘。政治舞臺，原是滑稽，若禪讓詔書，則為滑稽之尤。文繁不錄。大抵可用「違心之論」四字括之。

於傀儡皇帝之外，尚有滑稽皇帝數事，讀之可解人頤，附錄於後。

東晉安帝時，泰山賊王始，聚眾數萬，自稱太平皇帝，署置公卿。南燕桂林王鎮討禽之。臨刑，或問其父及兄弟安在。始曰：「太上皇蒙塵於外，征東將軍及征西將軍已為亂兵所害，不在人間。」其妻怒之曰：「君正坐此口孽，奈何尚爾。」始曰：「皇后不知，自古豈有不亡之國哉，朕則崩矣，終不改號。」此與收藏贋品而自以為真者相類。是曰「有以自樂」。

劉宋孝武時，江州刺史臧質、豫州刺史魯爽，謀擁南郡王義宣搆難。晉宋之制，藩方權宜授官者謂之「板授」。魯爽使戶曹「板」義宣等。文曰：「丞相劉，今補天子，名義宣。車騎臧，今補丞相，名質。平西朱，今補車騎，名脩之。皆板到奉行。」天子何人，乃亦受人板授補缺耶，可謂奇聞。

明末永明王由榔南奔，過安隆，知府范應旭不禮焉。其辦供應之簿記曰：「皇帝一員，后妃幾口，支糧若干」。皇帝乃至尊無上，天下一人，而可以員計耶，傷哉。此皆歷史上滑稽突梯之事實，可以調劑聖明神武之肅穆莊嚴。

一〇八、主觀與客觀孰為真諦

楊玄感起兵黎陽，李密說之曰：「關中四塞，天府之國，若帥眾鼓行而西，經城勿攻，直取長安，收其豪傑，撫其士民，據險而守之，天子雖還，失其本，可徐圖也。」玄感曰：「不然，今百官家口，並在東都，若先取之，足以動其心。且經城不拔，何以示威？」遂引兵向洛陽。

李密據洛口，柴孝和說之曰：「秦地山川之固，秦漢所憑以成王業者也。明公宣自簡精銳，西襲長安，既克京邑，業固兵強，然後東向以平河洛，傳檄而天下定矣。」密曰：「此誠上策，但我所部皆山東人，見洛陽未下，誰肯從我西入哉。」

李淵守晉陽，劉文靜語世民曰：「今主上南巡江淮，李密圍逼東都，群盜殆以萬數。太原百姓皆避盜入城，收之可得十萬，尊公所將之兵，復且數萬，一言出口，誰敢不從，以此乘虛入關，號令天下，不過半年，帝業成矣。」世民笑曰：「君言正合吾意。」

隋唐之間，群雄並起，稱王稱帝者滿坑滿谷。李密、柴孝和、劉文靜三人之言，如出一軌。足見形勢所在，豪傑之士，類多識之，在能用與不能用之間而已。所最奇者厥為李密，當其為楊玄感策畫時，可謂真知灼見，慨豎子之不足與謀。及其自為謀也，乃亦捨關中而趨洛陽，步玄感之覆轍，豈不怪哉。

吾因是而猛憶一八股文。其出比中有一語曰，「余生有也晚之嗟」，對比之對句曰，「當局有者迷之歎」。若李密者，真可謂「有者迷之歎」矣。

吾因是而對於「知行合一」之學說深有感焉。「知」是主觀的，是直覺性，直覺乃絕對的自由，不受任何限制。至於「行」則須受種種客觀的制限矣。第一須問，我所欲行之途徑，是否於他人有利害衝突處，是否妨礙他人之自由。如其有之，則須受限制。斯時也，若能不顧一切，唯率所知以進行，斯得矣。玄感不足道，若李密者，只為「所部皆山東人，恐未肯相從而西」之客觀所誤，遂棄其所「知」以至於滅亡。

然而排除萬難向所知以邁進時，艱鉅良不可任。大業十二年秋，李淵以其少子元吉留守太原，自率甲士三萬發晉陽而趨長安。途間會軍中糧乏，或傳突厥與劉武周乘虛襲晉陽，裴寂等謂太原乃義師家屬所在，宜還救根本，請班師。世民以為不可，淵不聽，促令引發。世民將復入諫，會日暮，淵已寢，格不得入。乃號哭於外，聲聞帳中。淵召問之，因極言不宜班師之由，淵悟，使追左軍之已發者。由此觀之，李淵之所以不蹈玄感、李密之覆轍者，其機微矣。若是乎，李密之知而不篤，未得謂之知。

吾因是而茲惑焉，主觀與客觀之孰為真諦，正未易言也。若以做學問而論，則須屏除主觀，唯客觀是求，此之謂科學的之學者態度。至於英雄事業，則不然矣。學者工作乃追求，而英雄事業而為創造。追求真理者悉憑客觀之事實以為斷，主觀每足以亂真，允宜屏絕。創造者乃無中生有，只用主觀定一理想計畫，憑本身能力而使之實現，是曰成功之英雄，客觀每能僨事也。如楊玄感所云

「百官家口，並在東都」，李密所云「我之所部，盡山東人」，裴寂所云「太原乃義師家屬所在，宜還救根本」，凡此均屬客觀之事實，真確不虛。若李世民反對班師之言曰，「本興大義，奮不顧身，以救蒼生；當先入咸陽，號令天下。今遇小敵，遽已班師；恐從義之徒，一朝解體。還守太原一城之地，為賊耳，何以自全。」一片主觀話。試問何謂大義，何以入咸陽即可以號令天下，何以知放士卒還鄉便即心灰，主觀而已，此之謂武斷。然而古今多少驚人事業，均從武斷得來，正未易言矣。（參觀《雜論》第二條。）

一〇九、隋煬帝最早之集團結婚

隋煬帝攬鏡自照曰：「好頭顱誰當斫之」。屈突通每自摩其頸曰：「會當為國家受一刀。」皆自許其頭顱之不凡也。煬帝臨命之言曰：「天子死自有法」。帝者之頭顱誠不凡。若屈突通則不及堯君素遠矣。彼並未為國家受一刀，國家反因彼而受一致命之刀傷。

李淵克霍邑，賞有功，軍吏疑奴應募者不得與良人同。淵曰：「矢石之間，不辨貴賤；論功行賞，有何等差；宜並從本勳授。」

案階級制度，何國蔑有，若舉唐高祖此事與古代希臘、羅馬較，我國之文化，過人遠矣。驍果從煬帝在江都者多逃亡，帝患之，以問裴矩。對曰：「人情非有匹偶，難以久處，請聽軍士於此納室。」帝從之。九月，悉召江都境內寡婦處女集宮下，恣將士所取；或先與女者聽自首，即以配之。玩弄弱者，實人類之劣根性。然在他人只為自私的玩弄而已。若煬帝則慷他人之慨，此應是最早之集團結婚。

一一〇、佔有慾成敗之分

語曰：「事死如事生，事亡如事存，孝之至也。」几帷不撤，手澤常存，在為人子者，雖明知無補，然用以永罔極之孝思，未嘗不可。若自以此書諸遺囑，則徒供後人作笑料而已。《鄴都故事》載魏武帝遺命諸子曰：「吾死之後，葬於鄴之西岡，無藏金珠。餘香可分諸夫人，妾與伎皆著銅雀臺。臺上施六尺床，下繐帳。朝晡，上酒脯粻糒之屬。每月朝、十五，輒向帳前作伎。汝等時登臺望吾西陵墓田。」按銅雀臺築於建安十五年，乃鄴都之最高處，中有屋一百二十間，頂置一振翼奮尾勢欲飛動之銅雀，因以命名。

自古詠銅雀伎之詩不少，大抵於辭句中則哀諸妾，而言外之意則譏笑魏武。擇錄數首如下。

銅雀伎　　謝朓

繐帷飄井榦，樽酒若平生。鬱鬱西陵樹，詎聞歌吹聲。
芳襟染淚跡，嬋娟空復情。玉座猶寂寞，況乃妾身輕。

銅雀伎 江淹

武皇去金閣，英威長寂寞。雄劍頓無光，雜佩亦銷鑠。
秋至明月圓，風傷白露落。清夜何湛湛，孤燈映蘭幕。
撫影愴無從，唯懷憂不薄。瑤色行應罷，紅芳幾為樂。
徒登歌舞臺，終成螻蟻郭。

銅雀伎 何遜

秋風木葉落，蕭瑟管弦清。望陵歌對酒，向帳舞空城。
寂寂檐宇曠，飄飄帷幔輕。曲終相顧起，日暮松柏聲。

佔有慾，乃人類之惡根性。然而佔有以終其身，其亦可矣，乃死後猶不肯放手，不亦癡乎。伎妾之錮銅雀，《蘭亭》之入昭陵，同是此種劣根性。魏武帝與唐太宗，文事武功，炳耀千古，為甲等之帝者。而佔有慾之不達觀，亦復同調。《蘭亭》墨本之入昭陵，亦遺命也。豈事功為一事，而佔有慾又別為一事乎。或則功業之大小與佔有慾之強弱為正比例之布算，未可知也。欲究此理，應先將功業二字定一界說。

孟子曰：「有能為君闢土地，充府庫。今之所謂良臣，古之所謂民賊也。」良臣之與民賊，民賊之與英傑，英傑之與聖哲，本同物同異名，且勿且論。要之「闢土地，充府庫」，乃佔有慾之成績，意義至為明瞭，毫無疑問。「闢」與「充」之兩動詞，乃無中生有之謂，非佔有如何，是曰功業。試略述魏武帝唐太宗兩人之事功，然後核算其佔有慾之總成績。

靈帝中平元年，以沛國曹操為騎都尉。五年八月，初置西園八校尉，以操為典軍校尉，俱統制於上軍校尉小黃門蹇碩之下。六年十二月，董卓既廢立，以操為驍騎校尉，操變易姓名，間行東歸，至陳留，散家財，募得五千人。獻帝初平元年，卓燒洛陽宮室，劫遷帝入長安。操引兵而西，將據成皋。行至滎陽，與卓軍遇，操敗走，還酸棗，乃與夏侯惇等詣揚州，募兵得千餘人，還屯河內。是則初平間，操猶是赤手空拳也。乃不數年而破黃巾，敗袁紹，北摧烏桓蹋頓，統一大河南北，其佔有慾可謂不大乎。

太原公子，不以其父兄晉陽留守之基業為滿足，而必欲化家為國，佔有慾之強大可知。大業十二年，建義旗於晉陽。武德元年，敗薛仁果於涇水。同年誅李密。三年，敗劉武周、宋金剛於雀鼠谷。四年五月，敗竇建德於虎牢。七月，俘王世充於洛陽。殺朱粲於洛水上。五年十二月，敗劉黑闥於館陶。六年正月，戮黑闥於洺州。徐圓朗、梁師都亦平。前後七年間，力征經營而富有四海。佔有慾之魔力充分表現。此二人者，死後猶復計較佔有，足見個性之特殊，亦正如猛虎雖死而威勢猶在耳。若是乎，佔有慾之強弱與事功之大小，真成正比例矣。

迨事定功成之後，搖身一變而為聖神文武聰睿明哲之太祖、太宗。而董卓、袁術、李密、竇建德、王世充之流，則永荷一盜賊之名而不能擺脫。此非盜賊、英傑、聖哲本同物異名之明證歟？佔有慾本人類通性，只有大小之別，亦成敗之所攸分也。器小易盈，田舍翁之度量而已。

二一、任子猶有別解

漢成帝綏和二年，除《任子令》。應劭曰：「任子令者，吏二千石以上，視事滿三年，得任同產若子一人為郎。不以德選。」案漢制二千石，乃郡守及諸侯相。二千石以上，等於知府以上。

漢之任子與近代之廕生，略相似而實不同。廕生有三種：曰恩廕，曰卹廕。曰特廕。唯恩廕得於及身廕其子若孫，餘則唯身後襲廕而已。且廕生只在國子監肄業，無官職也。

任子則不然，不計勳業，亦非卹典。凡二千石以上，視事滿三年者，其兄弟或子之一人即得授職為郎官。本人之賢不肖，非所計也。故曰不以德選。此等濫進之官爵，除之宜矣。

廕生唯祖若父廕其子孫。任子則同產弟兄亦得受職。宗法社會，漢世未若近代之嚴密，於斯可見。

綏和乃成帝年號。帝崩於二年三月，除《任子令》則在是年五月。雖曰綏和二年，實哀帝之政令矣。

然而「任子」之一名詞，猶有別解。建安七年，曹操下書責孫權任子。蓋欲藉此以觀孫權之因應，覘其趨向也。周瑜曰：「將軍承父兄餘業，兼六郡之眾，境內富饒，人不思亂，有何逼迫，而欲送質。質一入，不得不與曹氏相首尾，與相首尾，則命召不得不往，如此，便見制於人也。不如

一一二、更何面目以見漢家

漢孝平王皇后，安漢公莽之女也。自莽篡國，常稱疾不朝會，時年未二十，莽敬憚傷哀，欲嫁之，乃更號曰「黃皇室主」，欲絕之於漢，若言未嫁在室者也。令孫建世子盛飾將醫往問疾，后大怒，鞭笞其傍侍御，因發病不肯起，莽遂不復強也。婦人內夫家外父母家，若王皇后者，可謂知禮矣。王莽而竟有此女，大奇。

漢孝元王皇后，莽之姑母也，享國最久，歷元、成、衣、平、孺子五朝，前後六十餘載，至始建國而猶健在。初始元年，莽欲得傳國璽，太后不與，乃使王舜求之。太后怒罵曰：「而屬父子宗族，蒙漢家力，富貴累世，既無以報。受人孤寄，乘便利時，奪取其國，不復顧恩義。人如此者，狗豬不食其餘，天下豈有而兄弟耶。且若自以金匱符命為新皇帝，變更正朔、服制，亦當自更作璽，傳之萬世，何用此亡國不解璽為！而欲求之。我漢家老寡婦，旦暮且死，欲與此璽俱葬，終不可得。」太后因涕泣而言，旁側以下皆垂涕，舜亦悲不能止。良久，乃仰謂太后曰：「臣等已無可言者，莽必欲得傳國璽，太后寧能終不與耶？」太后聞舜語切，且恐莽之脅已，乃出漢傳國璽投之地，曰：「我老且死，知而兄弟今族滅也。」

王莽之潛移漢祚，王氏太皇太后實有以姑縱之。其姑縱也實出於婦人之仁，非有所私於母族也。觀於懷璽涕泣之一段傷心話，其謹守內夫家外父母家之大義，亦與孝平皇后相若也。此為姑姪，故可以大放厥辭；彼為父女，故只能鞭撻侍御以寄幽憤。

中國歷史上之傳國璽，實含有幾許神祕性。崔浩曰，秦璽為和氏璧，李斯篆刻。韋曜《吳書》云，爾方四寸，上勾交五龍，文曰，「受命於天，既壽永昌」，子嬰降漢，璽為漢有。《漢書．元后傳》云，王莽使王舜逼太后取璽，王太后怒，投之於地，一角微損。《吳志》云，孫堅入洛，掃除漢陵廟，軍於甄官井得璽，後歸魏，旋入晉。晉懷帝永嘉五年六月，帝蒙塵平陽，璽入前趙劉聰。東晉成帝咸和四年，石勒滅前趙，得璽。穆帝永和八年，石勒為慕容俊滅，濮陽太守戴施入鄴，得璽，使何融送晉。厥後東晉傳宋，宋傳南齊，南齊傳梁。天正二年，侯景破梁，至廣陵，北齊將辛術，定廣陵，得璽，送北齊。周建德六年正月，平北齊，璽入周。周傳隋，隋傳唐。迨五季之亂，此含有神祕性之傳國璽，則已真贗莫辨矣。

只因璽文有「受命於天」一語，遂惹起爭奪相尋，咸認此為有天下之信物，不亦癡乎？正所謂癡人前說不得夢話矣。善乎，孝元皇后之言曰，「寧不能更作一璽以傳之萬世，何用此亡國不祥之物為也。」誠哉其不祥也。

莽既篡位，更孝元皇后之尊號為「新室文母」，更孝平皇后之尊號為「黃皇室主」，欲絕之於漢也。始建國五年，孝元皇后崩，年八十四，終身不改漢正朔。更始元年，漢兵起，武關與潼關並陷，兵從宣平門入，長安大亂，火及掖庭，孝平皇后曰，「余更何面目以見漢家？」乃自投火中死。此王氏祖姑與姪孫女二人為不負漢家矣。

一一三、喚起良知

建武二年，檀鄉賊寇魏郡清河，魏郡大吏李熊之弟陸，謀反城迎賊。或以告魏郡大守穎川銚期，期召問熊，熊叩頭服罪，願與老母俱就死。期曰：「為吏儻不若為賊樂者，可歸與老母往就陸也。」使吏送出城。熊行，求得陸，將詣鄴城西門，陸不勝愧感，自殺以謝期。期嗟歎，以禮葬之，而還熊故職。

銚期之寬弘，李熊之忠實、李陸之磊落，人多稱之。但此事宜分作兩層看法，一曰理論，一曰事實。以理論言之，則銚期語李熊之言為深得「樂則行之，憂則違之」之本旨。不曰為功名，不曰為富貴，而曰樂，是何等見地。蓋人生各有所樂。以紆青拖紫為拘束，而以赤條條來去無牽掛為自由，是曰樂其所樂。吏也賊也，只是主觀上之一句詞耳。賊民之吏與有道之賊，何國蔑有，豈得以主觀之名詞而別其善惡哉。以「替天行道」為標識，作殺人放火之事業，殺其所欲殺，殆樂事也。樂則行之，聖人其許之矣。此理論也。至於事實，則「為吏儻不若為賊樂者，可歸與老母往就陸也」一語，表面上是使行其心之所安，實則使俯首以聽受良心之裁判而已。「女安則為之」，其效用有遠勝於武力制裁者矣。良心之第一命令，原具無上威力，期之此語，在一方面喚起其良心，使執行裁判，一方面使靜候良心之命令。此熊之所行行求陸，而陸之所以慼愧自殺也。喚起良知，原是教育家誘導之美意，而亦權術家操縱之良法也，銚期其知之矣。

一一四、郭守敬《授時曆》

建武七年春三月，癸亥晦，日有食之。詔百僚各上封事。太中大夫鄭興上疏曰：「……頃年日食多在晦，先時而合，皆月行疾也。日君象而月臣象，君亢急而臣下促迫，故月行疾。……」此種議論，若以科學眼光讀之，自是可笑。但在未有憲法之先，無術可以制止君主之橫行，只好借天象以恫嚇之，斯亦古聖哲之苦心也。此乃政治問題，且勿具論。若專就曆法言之，只要多置一小盡，則日月便不先時而合矣。所不解者，乃當時之律曆家，明知日月合朔所以不在朔而在晦者，乃在月躔之畸零，積秒成時，未能除盡故耳。有此現象，則現行曆之未能十分正確，已見明證，亟以更改為是。據鄭興所云「頃年日食多在晦」一語，可知建武七年以前，既已迭見，且勿贅。試將建武七年以後，元和二年以前，在洛陽所能見之日食，在晦而不在朔者，錄其歲月如次。

建武十六年三月辛丑晦　日食　公元四〇
建武十七年二月乙未晦　日食　公元四一
建武二十二年五月乙未晦　日食　公元四六
建武二十五年三月戊申晦　日食　公元四九

建武三十一年五月癸酉晦　日食　公元五五
中元元年十一月甲子晦　日食　公元五六
永平三年八月壬申晦　日食　公元六〇
永平八年十月壬寅晦　日食　公元六五
永平十三年十一月壬辰晦　日食　公元七〇
永平十六年五月戊午晦　日食　公元七三
永平十八年十一月甲辰晦　日食　公元七五

其間唯建武二十九（公元五三）二月丁巳朔，日食。建初五年（公元八〇）二月庚辰朔，日食。合朔在朔，唯此二年。

章帝元和二年春正月，上以《太初曆》施行日久，晦、朔、弦、望，常不中時，命治曆。同年二月甲寅，乃頒行《四分曆》。案《四分曆》乃張衡所製。

《太初曆》頒行於漢武帝太初元年（公元前一〇四），至東漢章帝和二年（公元後八五），其間已一百八十九年矣。王莽雖嘗施行劉歆所製之《三統》曆，莽敗旋廢，光武仍襲用《太初》，所謂復漢正朔者是已。自茲以往，曆法凡六七十變。蓋儀器未精，難以正確，不及百年，其差漸大，以至於不可揜。若《太初曆》之繼續行使一百九十年，實為僅見。其間以宋朝之更革，更為頻繁。自宋太祖之《應天曆》至度宗之《成天曆》，三百年間，凡十八易。若並帝昺之《本天曆》而概算

一一五、荀彧之死

《記》曰：「君子之愛人也以德」。據德以用吾愛，宜若無罪。然而天下事亦有不盡然者矣。吾攬古而至〈荀彧傳〉因有感焉。

《魏志》曰：彧初事袁紹，初平二年，去紹從太祖，太祖悅曰：「此吾子房也」，以為司馬。又曰，太祖雖征伐在外，軍國事皆與彧籌焉。八年，太祖錄彧前後功，表封彧為萬歲亭侯。十七年，董昭等謂太祖宜進爵國公，九錫備物，以彰殊勳，密以諮彧。彧以為「太祖本興義兵以匡朝寧國，秉忠精之誠，守退讓之實，君子愛人以德，不宜如此。」太祖由是心不能平。會征孫權，表請彧勞軍於譙，因輒留彧以侍中光祿大夫持節參丞相軍事。太祖軍向濡須，彧以疾留壽春，飲藥而卒。明年，太祖遂為魏公矣。

荀彧之死，陳壽《三國志》曰：「以憂薨」。范曄《漢書》曰：「操饋之食，發視乃空器也，於是飲藥而卒。」司馬《通鑑》從范書。然而勿論其以憂卒或飲藥而卒，要之彧以反對魏武進爵之故，繼乃自悔為書生之見，不合時宜，憂慚交併，坐是而不得永其天年，乃事實也。若是乎，愛人以德者之未必无咎也。欲明斯旨，宜先定德字之觀察點。

興義師以匡朝寧國，秉忠精之誠，守退讓之實，此為觀察點者一。君側之惡，誅不勝誅，朝無可匡；群盜如毛，孱王闒茸，國無寧日；此為觀察點者又一。前者實荀彧觀察之坐標，後者乃魏武觀察之坐標。荀彧專就魏武個人立論，而魏武則專就時勢著想。「德」字之意義未能一概論，有如是者。

建安十五年冬，丞相操諭其僚屬曰：「孤始舉孝廉，自以本非巖穴知名之士，恐為世人之所凡愚，欲好作政教以立名譽。故在濟南，除殘去穢，平心選舉，以是為強豪所忿，恐致家禍，故以病還鄉里。時年紀尚少，乃於譙東五十里築精舍，欲秋夏讀書，冬春射獵，為二十年規，待天下清，乃出仕耳。然不能得如意，徵為典軍校尉。意遂更欲為國家討賊立功，使題墓道言，「漢故征西將軍曹侯之墓」，此其志也。而遭值董卓之難，興舉義兵。後領兗州，破降黃巾三十萬眾，又討擊袁術，使窮沮而死。摧破袁紹，梟其二子。復定劉表，遂平天下；身為宰相，人臣之貴已極，意望已過矣。設使國家無有孤，不知當幾人稱帝，幾人稱王。或者人見孤強盛，又性不信天命，恐妄相忖度，言有不遜之志，每用耿耿；故為諸君陳道此言，皆肝鬲之要也。然欲孤便爾委捐所典兵眾，以還執事，歸就武平侯國，實不可也。何者？誠恐已離兵，為人所禍；既為子孫計，又已敗則國家傾危，是以不得慕虛名而處實禍也。然兼封四縣，食戶三萬，何德堪之。江湖未靜，不可讓位。至於邑士，可得而辭。今上還陽夏、拓、苦三縣戶二萬，但食武平萬戶；且以分損謗議，少減孤之資也。」

魏武雖屬權奇之士，但此一段話，殆可信為由衷之言。彼初所持之道德觀念，未嘗不與荀彧同。無奈孱王實在當不起家，若歸還大政，禍亂將不知紀極。且力征十數載，讎敵太多，既乏一強

一一六、假面具

今國際公法，以白旗為降旛，但吾三國時則已行之矣。建安九年，袁尚攻袁譚於平原，留其將審配守鄴。操使曹洪攻鄴，鑿塹圍城，周回四十里。尚將兵萬餘人還救鄴，先使主簿鉅鹿李孚入城。孚請配出城中老弱以省穀，既而知外圍益急，乃簡別數千人，皆使持白旛，乘夜從三門出降。度所以採用白旛之故，殆取其顏色明顯，易入遠視者之目耳。古今人之思路未嘗不相若。

許攸初事袁紹，以計不行，遂奔操。操聞攸至，跣足出迎，撫掌笑曰：「子卿遠來，吾事濟矣。」既入坐，謂操曰：「袁氏軍盛，何以待之，今有糧幾許？」操曰：「尚可支一歲。」攸曰：「無是，更言之。」又曰：「可支半歲。」攸曰：「足下不欲破袁氏耶?何言之不實也。」操曰：「向言戲之耳，其實可一月，為之奈何？」攸為操畫策，焚紹輜重，紹敗走，冀州城邑，盡降於操。後數年，許攸恃功驕嫚，嘗於眾坐呼操小字曰：「阿瞞，卿非我，不得冀州也。」操笑曰：「汝言是也。」然內不樂，後卒以他故殺之。許攸固自有取死之道，但創業之主，每多殺戮功臣，若許攸之驕嫚，亦應為致死原因中之一種。蓋每當天下大亂，群雄角逐，在名分未定之先，同是豪強，禮節每多脫略。一旦南面稱孤，不得不做作一副尊嚴面目以威臨臣下。斯時也，朝上功臣，多屬昔日草澤之夥伴。雖則曰禮儀只是虛文，不外相互間之裝腔，但人類之所以自命為異於禽獸，全賴此一副假面具。無奈從前脫略已慣，忽而裝腔作勢，每多不自然，不如殺之便。此許攸所以終不免於刑戮也。

丹陽大都督嬀覽，殺太守孫翊，入居軍府中，欲逼取翊妻徐氏。徐氏紿之曰：「乞須晦日，設祭除服，然後聽命。」覽許之。徐氏潛使所親，語翊親近舊將孫高、傳嬰，與共圖覽。高、嬰涕泣許諾，密呼翊時侍養者二十餘人，與盟誓合謀。及晦設祭，徐氏哭泣盡哀畢，乃除服，薰香沐浴，言笑懽悅，大小悽愴，怪其寡恩。覽密覘，無復置疑。徐氏呼高、嬰置戶內，使人召覽入。徐氏出戶拜覽，適得一拜，徐大呼二君可起，高、嬰俱出，共殺覽。徐氏乃還縗經，奉覽首以祭翊墓，舉軍震駭。孫權聞亂，從椒丘還至丹陽，悉族誅覽餘黨。此一段歷史故實，可以作劇本。

一一七、重手工藝術

《左傳．哀九年》，宋取鄭師於雍邱，使有能者無死。赫連勃勃伐魏，將屠城，令曰，有一藝者免死。藝術人才之見重也如此。

古者重農工而輕商賈，薄之不與齊民伍，秦漢之世竟視之與逃亡之罪囚等。於斯可見，所謂有能者免死，有一藝者免死，應是專指工藝言之，而士、商不與焉。國之重工，由來遠矣。舜即位，咨四岳以發號施令，於平水土、教稼穡、興教育、定刑法之外，第五個命令即曰，「疇若予工」。此實國史上第一次中央政府所頒布之政令也。至於來百工則財用足。百工居肆以成其事。聖人既竭目力焉，教之以規矩準繩，以為方員平直。此類論調，觸目皆是。所以中國之手工藝術，至今猶見重於世。豈曰無因。

一一八、宰相有別名

王曾前後輔政十年，其所進退士夫，莫有知者。范仲淹嘗以問曾。曾曰：「夫執政者，恩欲歸己，怨使誰歸。」仲淹大為歎服。歐陽修亦常誦斯言。

皇祐中，仁宗為王曾神道碑篆額。文曰：「旌賢之碑」。大臣墓碑得賜篆額，自王曾始。終仁宗之世，宰相得膺茲榮典者猶有數人。旌李迪墓曰：「遺直之碑」。旌呂夷簡墓曰：「懷忠之碑」。旌范仲淹墓曰：「褒賢之碑」。旌劉沆之墓則以「思賢」二字。凡此明主懷想賢良，而出自本心之所為也。厥後則有慕虛榮而邀寵者矣。觀於仁宗嘉祐五年十一月之詔書可以知之。詔曰：「自今臣僚之家，毋得陳乞御篆神道碑額」云。其後神宗為韓琦篆碑額，文曰：「兩朝顧命定策元勳」。則更非汎汎者可比矣。後世碑額，有自刻「御賜」兩字者，亦有刻蟠龍花紋以作象徵者，則皆北宋榮典遺蛻之痕跡也。

北宋初期之良相，除韓、范、富、文、杜、寇、王、李諸公外，尚多有可述者。仁宗即位，章獻劉太后臨朝，參知政事魯宗道多所獻替。太后問唐武后何如主。對曰：「唐之罪人也，幾危社稷。」太后默然。時有上言請立劉氏七廟者，太后以問輔臣，眾不敢對。宗道獨曰：「不可」。退謂同列曰：「若立劉氏七廟，如嗣君何？」帝與太后將同幸慈孝寺，有擬以太后輦前帝行者。宗道曰：「婦人有三從。」太后乃命輦後乘輿行。時目為魚頭參政，因其姓之魯字，且言骨鯁也。又明道二年，章獻謁太廟，欲被天子黻冕，臣下依違不決。參知政事薛奎曰：「不可。」又曰：「太后必欲被黻冕以見祖宗，不知作男子拜耶，女子拜耶？」乃罷。及章獻崩，仁宗見群臣，泣曰：「太后疾不能言，而猶數引衣，若有所屬，何也？」奎遽曰：「其在黻冕也，然服之何以見先帝乎？」仁宗大悟，卒以后服殮。由此觀之，則光宅、垂拱之禍，所以不再見於天聖、明道間，其幾微矣。

宰相官制，至唐宋而漸紊。唐因隋制，以尚書令、中書令、侍中為真宰相，曰三省長官。中葉以後，以其品位崇高，不復獨授，常以他官兼攝，或稱參預朝政，或曰參議朝政，是即宋「參知政事」之名所由來矣。自僕射李靖以疾間日至中書門下平章事，是即「同平章事」之名所由來矣。自李勣以詹事同中書門下三品，是即「儀同三品」之名所由來矣。故凡所謂參知政事，同平章事，儀同三品，實即宰相也。迨神宗元豐間，詳定新制，革平章之名為尚書左右僕射，各兼門下中書侍郎，行侍中、中書令事，以通三省之政。徽宗政和中，復改左右僕射為太少宰。南渡後，復稱左右丞相以終宋之世。

一一九、駢文藻麗相尚

六朝駢文，以藻麗相尚，至宋而一變。宋之制誥，概為駢語，然多採取經史成句，集為對偶，枝榦蒼勁，自成一家，即所謂「宋四六」是已。擇錄翰林學士蘇軾所草之制誥，用見其方。

元祐三年四月辛巳，除呂公著以司空同平章軍國事。制曰：「既得天下之大老，彼將安歸；以至國人皆曰賢，夫然後用。」又曰：「非堯舜不談，昔聞其語；以社稷為悅，今見其心。三年有成，百揆時敘。維乃烈考，相於昭陵。」又曰：「於戲！大事雖咨於房喬，非如晦莫能果斷；重德無逾於郭令，而裴度亦寄安危。罔俾斯人，專美唐世。」

同日，除呂大防左僕射。制曰：「天維顯思，將啟太平之運；民亦勞止，願聞休息之期。眷予元臣，咸有一德；咨爾百辟，明聽朕言。」又曰：「果藝以達，有孔門三子之風；直大而方，得坤爻六二之動。」

同日，除范純仁右僕射。制曰：「蔿呂臣奉己而不在民，則晉文無復憂色；汲長孺直諫而守死節，則淮南為之寢謀。」又曰：「彊諫不忘，嘉臧孫之有後；戎公是似，命召虎以來宣。」

兩宋制詞，脫盡纖巧，披公更老氣橫秋，下筆無礙。其才足以濟之，其氣足以帥之也。此種格調，餘風及於元明之傳奇。凡是劇中主角登場，例有一段駢偶念白，多屬「宋四六」一派。如《琵琶記》之〈慶〉壽，蔡伯喈上場白曰：「抱經濟之奇才，當文明之盛世。幼而學，壯而行，雖望青雲之萬里；入則孝，出則弟，怎離白髮之雙親。」此其概也。至於明雜劇之運用古人成句，則更入化工。如汪道昆之《高唐》夢，小生扮楚王，生扮宋玉，末扮章華大夫，淨、丑二人扮內史，小旦二人扮昭儀。至陪侍楚王入臥室時，淨丑曰，「天色已暮，請大王就寢。」生曰，「曜靈匿景」。末曰，「繼以蘭膏」。小旦曰：「大夫速退，毋使君勞。」隨手拈來，據為己有，了無痕跡。

一二〇、精彩之對話

建武二十八年，以博士桓榮為太子少傅，賜輜車乘馬。榮大會諸生，陳其車馬印綬，曰：「此稽古之力也。」（醜）

漢武帝招延士大夫，常如不足。然性嚴峻，臣下有小過犯過欺罔，輒按誅之，無所寬假。汲黯諫曰：「陛下求賢甚勞，未盡其用輒已殺之，以有限之士恣無已之誅，臣恐天下賢才將盡。」帝曰：「才猶器也，有才而不適於用，與無才同，不殺何待。」（辣）

董卓欲廢靈帝而立陳留王，袁紹曰：「公廢嫡立庶，恐將不利。」卓按劍叱之曰：「豎子敢爾，我欲為之，誰敢不從。」紹引佩刀橫揖曰：「天下健者，豈唯董公。」（壯）

漢武帝欲冊立王子弗陵，唯恐子稚母少致亂萌，乃借端譴責鉤弋夫人。夫人脫簪珥叩頭。帝曰：「引持去，送掖庭獄。」夫人回顧，帝曰：「趨行，汝不得活。」（狠）

湖陽公主蒼頭白晝殺人，洛陽令董宣格殺之，公主訴於帝，宣不屈。公主曰：「文叔為布衣時，藏亡匿死，吏不敢至門，今為天子，威不能行一令乎。」帝笑曰：「天子不與布衣同。」（妙）

顯德四年，蜀主昶致書於周世宗，請通好，自稱大蜀皇帝。世宗惡其抗禮，不之答。蜀主怒曰：「朕為天子郊禮天地時，爾猶作賊。」（爽）

晉愍帝建興三年，陶侃與杜弢對陣，弢使王貢出挑戰。侃遙謂貢曰：「卿本佳人，何為作賊。」（俊）

荀濟少居江東，博學能文，與蕭衍為布衣交，知衍有大志，然負氣不服。嘗語人曰：「會當於盾鼻上磨墨檄之。」（豪）

薛逢厄於宦途，嘗策羸赴朝，值新進士綴行而出，見逢行旅蕭條，前導訶之曰：「迴避新郡君」。逢語之曰：「阿婆三五少年時，也曾東塗西抹來。」（趣）

來俊臣、索元禮、周興等，助武后殺唐宗室，刑戮大臣，慘酷無人理。計興與元禮所殺各數千人，俊臣所破千餘家。天授二年，丘神勣以罪誅，或告周興與神勣同謀，武后命來俊臣鞫之。俊臣謂興曰：「囚多不承，當以何法？」興曰：「易耳。取大甕，以炭四周炙之，令囚入內。何事不承？」俊臣如法措置，起謂興曰：「有密諭鞫君，請君入甕。」（該）

一二一、兩次世界大戰之比較

第一次世界大戰，起一九一四年十月一日，迄一九一八年十一月十一日，凡四年零一個月。死八百五十四萬三千人，傷三千七百四十九萬人。死與傷之比，為一對四．四，即死一百人則受傷者為四百四十人。

第二次世界大戰，中日間起一九三七年七月七日蘆溝橋事變，迄一九四五年九月九日南京受降，凡八年零兩個月。歐洲間起一九三九年九月一日德國進兵波蘭，迄一九四五年五月八日Potsdam受降，凡五年零九個月。美日間起一九四一年十二月八日珍珠港襲擊，迄一九四五年九月三日東京納降，凡三年零十個月。計戰死二千二百萬零五萬三千人，受傷三千萬零四十萬人。死與傷之比為一對一．四，即死一百人而傷者僅一百四十人。

第二次死亡總數較第一次多出一千三百五十一萬人。此則因戰地較廣而時間亦較長，無足為異。所最堪注目者乃第二次受傷人數較於第一次反減少七百萬零九萬人。此則因武器之不同，戰略因而改革，攻守之間，情勢異殊，故死與傷之比率，隨而變異也。

第一次之戰略名曰濠溝戰。當衝鋒機會尚未成熟時，只聞砲聲，不見一人。迨衝鋒而混戰，則重砲即為之不鳴，所藉以克敵致果者唯刺刀鎗彈及手榴彈是賴。受傷者只是身上穿一兩個窟窿，苟非傷在致命處，軀體既屬完整，未嘗不可以修理。此其所以受傷多而死亡較少也。

第二次之戰略名曰立體戰。凌空俯瞰，使敵人無可逃隱，要塞二字，已成過去名詞。既屬無險可守，只憑趨避。飛機每次投彈，動輒萬數千噸。受傷則等於肢解，屍體無存者十常五六，雖有華扁，亦無所施。身之不存，命將焉託。此其所以死亡之數字突增，而受傷之數字反形減少也。

一九四五年十一月二十六日寫記

一二二、清帝陵再度被盜

自三十四年八月以後，京東為共產軍所據，文武百官，咸受命於延安。十二月六日，有所謂第十五軍分區司令曹志福者，會同遵化縣長賀年，及農工兩會主任，民兵隊長等，於六日午後五時，開始發掘清穆宗之惠陵。第一夜掘地深七尺餘，黎明即止。第二夜再掘深五尺餘，第三夜又掘深六尺餘，始見石橋，橋北即牆。第四夜用炸藥轟開石牆，乃見隧道。有王紹義、王盛二人，乃盜墓慣匪，且熟諳陵工。至第一石門，見有鐵棍一條，紹義曰，此即開石門之鑰匙矣，果巧撥而石門啟，頗不費力。二、三、四各門亦復如是。四門既闢，乃見地宮，規模略與寢殿同。正中石床，有梓棺二，即帝與妃子也。供桌上有翠玉印一，金錶一，及帝后之日用品。乃以巨斧劈開梓棺之頭檔，拖出屍身，則見屍體完好，面微黃如易簀時。棺內滿藏珠寶翠玉，用蔴袋裝運而出按股均分。計曹志福得黃金六斤，以香爐量得珠賣四爐。賀年得黃金三斤，珠寶二爐。餘則視職位之大小，以次遞減。民兵等每人得黃金四兩，五人共珠寶一爐。

十四日，發清聖祖之景陵。第一夜開深七尺，第二夜五尺，陵內出水。第三夜再掘五尺，水愈大，第四夜以水深之故工作頗艱。第五夜又掘七尺，將水淘出，乃見石牆。第六夜由石匠李金及其助手四人，在石牆上鑿一穴，有十五軍一軍官名張進忠者攜來黃色炸藥，轟開石牆，仍用鐵棍撥開石門四重，張進忠先入，穆樹軒等五人隨之。石床上陳梓棺六，蓋帝享高齡，妃嬪先之而逝者五人矣。以大鐵椎次第劈開，收其珍寶，盛以蔴袋。計曹志福得黃金六斤，珍寶七香爐。餘則以次遞減。王紹義與石匠李金，每人亦分得黃金半斤，珍寶半爐。計景陵之知名寶物，有九龍玉杯一，為程瑞華攫取，謂將送與賀縣長。白玉馬一，為張進忠攫取，謂將送與曹司令。翠獅子一對，為王紹義所得。金塔一座，滿嵌紅藍寶石，為王勝所得，既而轉入穆樹軒手，曹志福追索不交，乃拔槍殺之。景陵除寶器玩外，黃金器皿計有三十五斤。

二十二日，發文宗之定陵。第一夜掘七尺，第二夜掘八尺，第三夜掘六尺，第四夜掘五尺，炸裂石牆，闢石門四道，工作如前。石床上有二棺，石桌上之金五供，為張進忠手收。曹志福分得黃金二斤，珍寶二爐。賀年等十二人每人黃金十一兩。珍寶半爐，村幹等每人金黃二兩，五人共珠寶一爐。民兵等每人黃金六錢，三十人共珍寶一爐。

清高宗之裕陵及孝欽陵，已於十七年被發，至此而東陵只餘世祖之孝陵矣。以順治出家之傳說，謂陵乃虛設，其中無物，得暫予保全。

最奇者，此次共產軍在彼等所謂解放區內，文武官員與土人合作，原可在光天化日之下，為所欲為，乃亦晝伏夜動，如鼠子之畏人。豈所謂作賊心虛者耶。噫，異矣。

第二消息。清室餘裔載濤、載潤、溥伒、溥僴等，呈行營主任李宗仁，請追緝盜匪以慰先靈而維文化。行營受理。知匪徒得贓，將必潛平津，出手銷售。乃密飭所屬，從事偵緝。旋經偵得東四牌樓大淹通胡同三號，住戶于長清，有窩留匪徒秘密銷贓情事，即往查抄。當時捕護穆品卿、彭印、賈玉中、賈德旺四人，連同于長清，一併歸案審訊。供稱與冀、熱、遼軍區第十五軍分區司令曹志福素有聯絡。去年十二月間，以挖戰濠為名，徵調鄉民，發掘陵寢，成公開之秘密。事後曹司令執其部下三人並穆樹軒等鄉民三名共六人，一併槍斃，收其所獲之珍寶云云。日來根據彭印等四人供詞已捕得銷贓人犯二十二名。並起獲珍寶七十餘件。

計馬蘭峪除五帝陵外，尚有順治之母、后、妃。康熙三妃。乾隆一妃。咸豐三后一妃。並太子園寢，公主園寢等，共十三處。並景陵、裕陵、定陵、惠陵，凡十七處，已發掘淨盡矣。

三十五年四月二十八寫記

附錄一　萬木草堂回憶

一八八九年，即光緒十五年己丑，康有為先生以布衣上書，請維新變法。清朝政府置之不理。康乃出京回廣州，自思孤掌難鳴，要有群眾基礎，乃可有成，就決定先從教育培養人才入手。當時有位陳千秋先生是學海堂的學生，學識廣博，已拜在康先生門下。梁啟超中舉後，考上學海堂正課生，在學海堂認識陳千秋，陳與梁談起康先生學問如何淵博，引梁與康相見。康梁二人相談甚融洽，梁亦很佩服康的學識，也就拜康先生為師。由陳千秋與梁啟超二人援引各人的親戚朋友，直到有了二十多個學生，於一八九一年，即光緒十七年辛卯，在廣州長興里設立「萬木草堂」，開始講學。一八九三年遷移衛邊街，這時已發展有四十餘名學生。我本人就是一八九三年進萬木草堂學習的。一八九四年萬木草堂遷至廣府學宮，其時已有一百餘名學生了。

康先生講學的內容，是以孔學、佛學、宋明學（陸王心學）為體，以史學、西學為用。他講學重今文學，謂古文是劉歆所偽造，即如《春秋》，則尊《公》、《穀》而非《左傳》。當時，他對列強壓迫、世界情勢、漢唐政治、兩宋的政治都講。每論一學、論一事，必上下古今，以究其沿革得失，並引歐美事例以作比較證明。我們最感興趣的是先生所講的《學術源流》。《學術源流》是把儒、墨、法、道等所謂九流，以及漢代的考證學、宋代的理學等，歷舉其源流派別。又如文學中的書、畫、詩、詞等亦然。書法如晉之羲、獻；羲、獻以前如何成立；羲、獻以後如何變化；詩格如唐之李、杜；李、杜以前如何發展，李、杜以後如何變化；皆源源本本，列舉其綱要。每個月講三四次不等，先期貼上通告，「今日講《學術源流》」。先生對講《學識源流》頗有興趣，一講就四五個鐘頭。

在萬木草堂我們除聽講外，主要是自己讀書、寫筆記。當時入草堂，第一部書就是讀《公羊傳》，同時讀一部《春秋繁露》。除讀中國古書外，還要讀很多西洋的書。如江南製造局關於聲、光、化、電等科學譯述百數十種，皆所應讀。容閎、嚴復諸留學先輩的譯本及外國傳教士如傅蘭雅、李提摩太等的譯本皆讀。

每天除了聽講、寫筆記、讀書之外，同學們每人給一本功課簿，凡讀書有疑問或心得，即寫在功課簿上，每半個月呈繳一次。

功課簿是萬木草堂一件重要制度。每見學生寫一條簡短的疑問，而康先生則報以長篇的批答。即以我本人而論，有一次我寫一條質疑，謂「見《論語．子罕》章曰，子罕言利與命與仁。儒家哲學不言利，誠然。孟子是儒學正宗，他說，王何必曰利，亦有仁義而已矣。但《論語．堯曰》章曰，不知命無以為君子也。〈憲問〉章曰，道之將行也歟，命也；道之將廢也歟，命也；公伯寮其如命何。這類話要列舉，還有。至於仁字，更是儒家哲學的綱領，何能謂之罕言呢。」我這條質疑，不過百十個字，但康先生當年的批答，卻有好幾百字。

同學們的功課簿寫滿之後，先生令存之書藏，供新來的同學閱覽，謂等於聽他的講義云。這裡頭，不少「非常異義可怪之論」。後來戊戌查抄萬木草堂時，都付諸一炬了。

功課簿之外設一本厚簿，名曰「蓄德錄」。每日順著宿舍房間，以次傳遞，周而復始。各人每日錄入幾句古人格言、名句或俊語，隨各人意志之所好，寫什麼都可以。譬如寫「學而時習之，不亦說乎」等等均可。這些格言、名句除寫在「蓄德錄」外，同時用一張小紙寫出，貼在大堂板壁上。它的作用，是用以提起各人的警惕，引起各人的興趣。每隔三五個月，先生也拿去翻閱一次，藉以驗其個人思想所趨向，不無補助。

在萬木草堂我們除自己用功讀書之外，還有一種特殊工作即編書，這是協助先生著述的工作。譬如康先生要寫一部《孔子改制考》，由他指定一、二十個同學，把上自秦漢、下至宋代各學者的著述，從頭檢閱。凡有關於孔子改制的言論，簡單錄出。注明見於某書之第幾卷、第幾篇，用省屬稿時翻檢之勞。時間由編書者共同商定，每月上旬某年某月某日，中旬某月某日，下旬某月某日，自幾點至幾點，會合在大堂工作。仍坐在無靠背之硬板凳。某人擔任某書，自由選擇。一部編完，又編第二部。這些稿件，統存於書藏，備先生隨時調用。戊戌查抄萬木草堂時亦付諸一炬了。當時，所編的書《新學偽經考》四本已出版；《孔子改制考》未編成而發生政變。

萬木草堂的圖書閱覽室叫書藏，是以康先生所藏書為基礎，同學們家藏的書，則自由捐獻。「捐入書藏」，是當日草堂同學一句口頭語。

萬木草堂裡面還有一個禮樂器庫是貯藏習禮時所用的儀器。如鐘、鼓、磬、鐸、干、戚、羽、旄以及投壺所用之竹箭等。習禮，每月一次，先生自製一套「文成舞」。鐘磬齊奏，干戚雜陳，禮容甚盛。習禮有尊孔的意義。

入萬木草堂學習的學生每人每年十兩銀子，名曰「脩金」，與其他書館一樣。但寒士則免費。如曹著偉是個窮秀才，先生不受他的脩金。徐君勉家頗富裕，且家無尊長，諸事由他主持，他每年就送三、四十兩銀脩金。

萬木草堂無考試制度。全在功課簿上窺察各人造詣之深淺，亦不分年級與班次。在舊生中舉出兩三名「學長」，以領導新生讀書。梁啟超就是一個「學長」。

草堂弟子在學習上都是非常用功的。例如康先生有名的學生陳千秋，就是一個非常努力讀書的人。他有條有理，非常愛護書籍。看書如果在房中走著看，總是用長袖子托在手上墊著書看。如果坐在桌旁看書時，就用右臂長袖把桌上塵土拂淨，才把書放在桌上。他看過的書老是很整齊清潔的。另一個學生曹著偉喜歡躺著看書，每天都拿很多書放在床邊，看後隨手放在床上，隨拿隨放，第二日又不把書歸還書架上。日久滿床都是書，晚上只好睡在書堆裡。

草堂同學在生活上是很隨便的。書籍、用具、衣著都是彼此不分的。草堂制度規定，夏天都要穿長衫，因白夏布不耐髒，大家都是穿藍夏布長衫。在街上發現有穿藍夏布長衫的青年，均是草堂弟子。有一次康先生對我們說：「諸君這樣相處很好，現在人少還可以，將來同學多時怕行不通，孟子的弟子還有偷鞋的呢。」

萬木草堂當日在社會上所起的作用，可以以梁鼎芬先生贈康先生幾首七言律中的幾句作代表：「九流混混誰真派，萬木森森一草堂。但有群倫尊北海，更無三顧起南陽。」當時科舉制度，除考

「八股」外，還有一場考「經古」，是關於學問方面論述。這場關防不嚴，可以隨便互相談話，在考場中只有草堂弟子談話，其他人都在聽草堂弟子講話，這也是社會影響的一種。

戊戌以前，政府無干涉之事。社會人士初以我們為怪物。康先生中舉以後，才知道康有為主張廢科舉不是因為他不會作八股。而且每年草堂弟子中秀才、舉人的也不少，輿論就轉變了。萬木草堂從一八九一年開辦，至一八九八年戊戌，共八年。草堂學生連同康先生往桂林講學之後的兩廣學生，以及在上海、北京來拜門的約千人。

康先生中等身材，眼不大而有神，三十歲以前即留鬍鬚，膚色黑，有武人氣。他是蔭生中舉，是個世家子弟，但他的生活樸實。先生不住在萬木草堂，他家住在雲衢書屋，在惠愛街，距離廣府學宮相當遠，每日往返都是步行。

康先生幼年就非常喜愛讀書，曾受過嚴格的程朱教育。青年時期，博通今文經學、中國史學與佛學，棄程朱學轉崇陸王學。記得幼博世叔（即戊戌六君子中的康廣仁）同我們說：「你們先生，從小就很用功讀書，每天早晨拿五、六本書放在桌上，右手拿著一把尖利的鐵錐，用力向下一錐，錐穿兩本書，今天就讀兩本書；錐穿三本書，今年就讀三本書，每日必定要拿一錐書。他有時要完成看一錐書的任務，看書看到上眼皮閉不下來。」

康先生的精神很好。講課時總是挺著脊背坐幾個鐘頭。同學們坐了四五小時無靠背的硬板凳，下堂後即回宿舍倒在床上了，但康先生回他的屋子，即批閱功課簿。若有些非面談不可的問題，隨即傳見。倒在床上的同學最怕被傳。

廣州有五個大書院，它們的名字是學海堂、粵秀、越華、菊坡、廣雅。那時沒有學校，這五個書院，可以稱為省立研究院。他的主幹人稱為山長，地位最清高，都是輿論所歸的學術名流，由督撫聘請。總督、巡撫、學台到任，先拜山長，山長回拜。康先生每次會見他們，都帶一兩個學生同去。因為他們見面，總是談學問，常時辯論的臉紅耳赤。跟去那一兩學生，端坐旁聽，獲益不少。

假令康先生終身講學，不作政治運動，其在社會上所起的作用更大。用其所短，惜哉。

長興里和衛邊街的同學們，都是二十多歲左右的人，正是求知慾最發達的時候。腦海中本來空空洞洞，一張白紙，什麼東西都可以收納。又值方面複雜、材料豐富的《學術源流》講義以誘導之，所以同學們的思想，盡情奔放，各隨其意志之所接近，衝動之所趨向，如萬壑分流，各歸一方。

以佛學而論，可提梁伯雋作代表。伯雋名朝傑，是一個異樣的聰明人。十四歲中了一名舉人。舊說十四，滿歲數實在十二歲多。梁啟超把他引進長興里。他聽了《學術源流》的印度哲學，心儀佛法，興趣近於禪宗一派，終日靜坐，極少與同學會談。七十年前的廣州，無分冬夏，蚊子不饒人。伯雋將一把藤椅放在床上，下了帳子，讀書打坐，都在裡面。有一天，他請教康先生，現在要讀什麼書。先生說：「經書你已經讀過，讀史罷。司馬溫公的《通鑑》，繁簡得宜，其中所加之案語，條條都好。凡是『臣光曰』之下，就是他的案語，長則千數百字，短則三兩句，無一不扼要而精警，就讀《通鑑》罷。」過了二十多天，他把兩百九十四卷《通鑑》讀完，又去問先生再讀什麼書。先生心裡覺得有點稀奇，試舉其中的人物或事蹟問他，都能答覆，誠不愧為一個小怪物了。記得他作過一首〈摸魚兒〉，中有幾句曰：「蕭蕭馬鳴催日落，弄得老天憔悴。我何顧，算萬里堂堂，猶是神州土。」也不像十幾歲的孩子話。

講到刑法這一方面，可以陳千秋做代表。千秋字禮吉，南海西樵鄉人。西樵九十六鄉，共同組織一個「同仁局」。廣東的鄉村，每鄉一萬幾千人，並不稀奇。如新會的外海鄉，南海的九江鄉，都是十幾萬人。而且從前的人數統計，只算男丁，不計婦女。所謂一萬人云者，實在是兩萬。西樵九十六鄉，少說也有兩百多萬人口。陳千秋嘗被舉為同仁局長。彼出其商君韓非之心得，治安井然。鄉民有爭論，多半由同仁局為之處理，不必經官府。所以南海縣亦樂得省事，常與同仁局緊密聯絡，故陳千秋得以大顯其才能。

至於道家一流，則曹著偉可作代表。著偉名泰，南海人。性情近於莊、列一派，篤信虛無學說。有一次，他聞得一個人，名叫林太平，能飛行。他要訪尋此人，約我結伴。林是清遠人，該縣在廣州極北方，是山區農業地方。該地居人，都是農民。我們去的時候，已經短衣，但土人見有著鞋襪者都覺得不順眼。大概也不識得讀書人，只是聽戲時，見臺上的角色是著鞋襪的，所以有個中年人問：「你們是唱戲的吧？」引得我們大笑。那年我是十九歲，一張大圓臉。著偉和我開玩笑，說「你一定是個唱花臉的」。林太平的蹤跡不可得，便回萬木草堂了。隨後著偉獨自往羅浮，不知訪那個高行道人。在羅浮得病，回家沒有幾天就死了，年僅二十三歲。

一八九三年，著偉原在石星巢的翰墨池館。有一天，陳千秋到該處訪友，經過一房間，門未閉，牆上一副對聯曰：「我輩耐十年寒，供斯民衽席；朝廷具一副淚，聞天下笑聲。」陳覺此人甚有道理，即時拜訪。一見投契，因介紹他到衛邊街和我同年進館。著偉學問既好，辯才無礙，且有滑稽性。編書工作，徐君勉最積極。君勉名勤。逢編書日，有晏起未列席者，即入室干涉。康先生一次生病後，自書一張客約，貼在會客室。著偉仿他的語調，也寫一張客約，貼在臥室裡，請人讓他多睡一會兒，中有兩句曰：「五更未睡不能起，木虱咬傷不能起。」粵語木虱即臭蟲。墨家的無我博愛，可以梁啟超作代表。他嘗寫了一部《墨經校釋》，一部《墨子學案》。徐勤始終跟隨康先生搞政治。學問無甚特長。

一八九一至一八九四這四年間，學生之各個家庭間，均有相當不安的衝動。康先生只主張廢科舉，而學生則力攻八股文，不肯考試。於是有父兄的家庭，大不以為然。謂不過考還讀甚麼書，如果要入萬木草堂，則學費就不給了。康先生乃力勸同學們，不要如此以妨礙前途。謂：「我且過考，諸君何妨強力為之，以慰父兄之心呢。」一往後乃逐漸轉變，且獲得不少秀才舉人。

七十年前的廣東教育界有所謂冬館。於歲晚務閒之時，作三個月之短期教育。此等冬館，大多是兩人合教。梁啟超嘗與韓雲台合教於佛山。但是這種冬學，一定要在文學中有相當名望的人乃能招致學生。韓亦草堂學侶也。

以上我對萬木草堂的回憶片斷，時隔七十年，許多事情已記憶不清了。

（《文史資料選輯》第二十五輯）

附錄二 戊戌前後康、梁史料補遺

一八九五年，「公車上書」失敗後，北京松筠庵的保國會亦被查封。康有為就到桂林講學去了。一八九六年，梁啟超到上海辦起了《時務報》。《時務報》出版後風行一時。那時湖南巡撫陳寶箴、臬臺黃遵憲，要在長沙辦一個學堂，請梁啟超去當校長。

恰在這時，錢塘縣知縣吳小村先生（四川達縣人）打算在西湖找一個地方，買上千百元的書，把梁啟超「關」在那裡，再請一個英文教員、一個德文教員教他；讓萬木草堂的高材生麥孟華和我——他的兄弟陪伴他。需要什麼書或其他用物，由我隨時代買。吳先生準備把他「關」五年再放出來。

為梁啟超的去處，黃遵憲同吳小村激烈地辯論了半年之久。黃遵憲認為：甲午戰敗，國勢危急，《時務報》的影響很大，應該讓梁啟超出來搞政治活動。吳則主張說，梁啟超不過一個二十四歲的青年，學問還沒有大成就，讓他出來搞政治豈不是害了他？還是讓他學一兩種歐洲文，對他的學問幫助大。爭論的結果，黃遵憲勝利了。一八九六年冬，梁啟超到長沙辦時務學堂。假如吳小村先生的主張實現，則戊戌維新運動可能不會有梁啟超參加了。

一八九八年戊戌變法失敗後，政局緊張。維新黨人提議康有為離開北京。康乃於九月中旬出京。同人計算康之行程仍在中途，未到香港，梁啟超於是到日本使館請求援康。日本公使說：「保護政治犯是國際法規定，是我們的義務。只要在可能範圍內，無不盡力。」梁聽說，即欲告辭。日本公使說：「你還能出去嗎？」梁說：「政府所痛恨的就是康有為，我們其他人無所謂。」日本公使說：「錯了，據我所聞，這回政府對於維新黨人要一網打盡，你暫在這裡聽消息吧。」一會兒，譚嗣同也來了，目的與梁同。日公使一樣地阻攔他告退，梁亦勸他稍留。譚說：「我與你不同，理由是：一、大概往後這十年八年，國內沒有我們的立足地。逃亡的話，華僑多是廣東人，我既不能講英語，又不會粵語，一切活動能力都消失了，成為廢料；二、我父親在官，我跑了，一定株連家屬；三、我有肺病，壽命不會很長了；四、世界史先例，政體轉變，無不流血，讓我來做個領頭人吧。你該逃生，我則待死。」說完，和梁一擁抱，揚長而去。那時他的父親譚繼洵是湖北巡撫。

一八九八年九月二十一日，清廷開始逮捕維新黨人，「六君子」入獄。九月二十八日，六人死於菜市口，剛毅為監斬官。行刑之前幾分鐘，譚嗣同還教訓了他一頓。

康有為在滬港航程中，被一條英國兵船接往香港了。

梁啟超在日本使館，日本人為之剪髮易服，隨後送往天津日本領事館。再由一武官陪同，用一小舢板送他前往停在塘沽之日本商輪。中國官方得到了他逃跑的消息。楊以德乘一條小輪船追他。舢板哪能逃脫得了?楊指著梁問日本武官：「這是誰?」那武官回答：「是我的學生。」又問：「你們到哪裡去?」回答：「往塘沽打野鴨子。」楊讓他們回天津說話，即用一根繩子把小舢板綁在小輪上往回拖。時值退潮，逆流而上，行船十分艱難。日本人對楊說：「你真笨，往下駛一點就是塘沽，到塘沽搭火車回天津多好？」楊一想，也對，乃令小輪向塘沽方向行駛。當時，有一條日本兵船駐防在塘沽。日本武官遠遠望見兵船，即打了一個信號，兵船開動警戒，迫令小輪停駛。梁啟超和日本武官上了兵船。梁就這樣跑到東京去了。後又自日本往檀香山活動。

以後，萬木草堂弟子分頭出發，往南洋各地活動。華僑踴躍捐獻經費。國內漢口、廣州繼續進行祕密工作。議決漢口先舉事，請梁回國以資號召。梁自檀香山搭輪船回上海，因途中船上死一傳染病人，船在長崎港外停了四日進行消毒。梁至上海，漢口失敗之消息已傳來。犧牲了一名健將唐才常，與唐同死者有湖南時務學堂學生二十餘人。廣州之舉亦停。梁轉澳洲活動。時一九〇〇年夏。

（《文史資料選輯》第一〇八輯）

血歷史214　PC1045

新銳文創
INDEPENDENT & UNIQUE

梁啟勳讀史隨筆

原　　著　梁啟勳
主　　編　蔡登山
責任編輯　楊岱晴
圖文排版　黃莉珊
封面設計　蔡瑋筠

出版策劃　新銳文創
發 行 人　宋政坤
法律顧問　毛國樑　律師
製作發行　秀威資訊科技股份有限公司
114 台北市內湖區瑞光路76巷65號1樓
電話：+886-2-2796-3638　傳真：+886-2-2796-1377
服務信箱：service@showwe.com.tw
http://www.showwe.com.tw
郵政劃撥　19563868　戶名：秀威資訊科技股份有限公司
展售門市　國家書店【松江門市】
104 台北市中山區松江路209號1樓
電話：+886-2-2518-0207　傳真：+886-2-2518-0778
網路訂購　秀威網路書店：https://store.showwe.tw
國家網路書店：https://www.govbooks.com.tw

出版日期　2022年3月　BOD一版
定　　價　350元

版權所有・翻印必究（本書如有缺頁、破損或裝訂錯誤，請寄回更換）
Copyright © 2022 by Showwe Information Co., Ltd.
All Rights Reserved

讀者回函卡

Printed in Taiwan

國家圖書館出版品預行編目

梁啟勳讀史隨筆/梁啟勳原著；蔡登山主編. --
一版. -- 臺北市：新銳文創, 2022.03
面； 公分
BOD版
ISBN 978-626-7128-02-2(平裝)

855 111003009